縫わんばならん

古川真人

新潮社

縫わんばならん　目次

縫わんばならん

吉川家 家系図

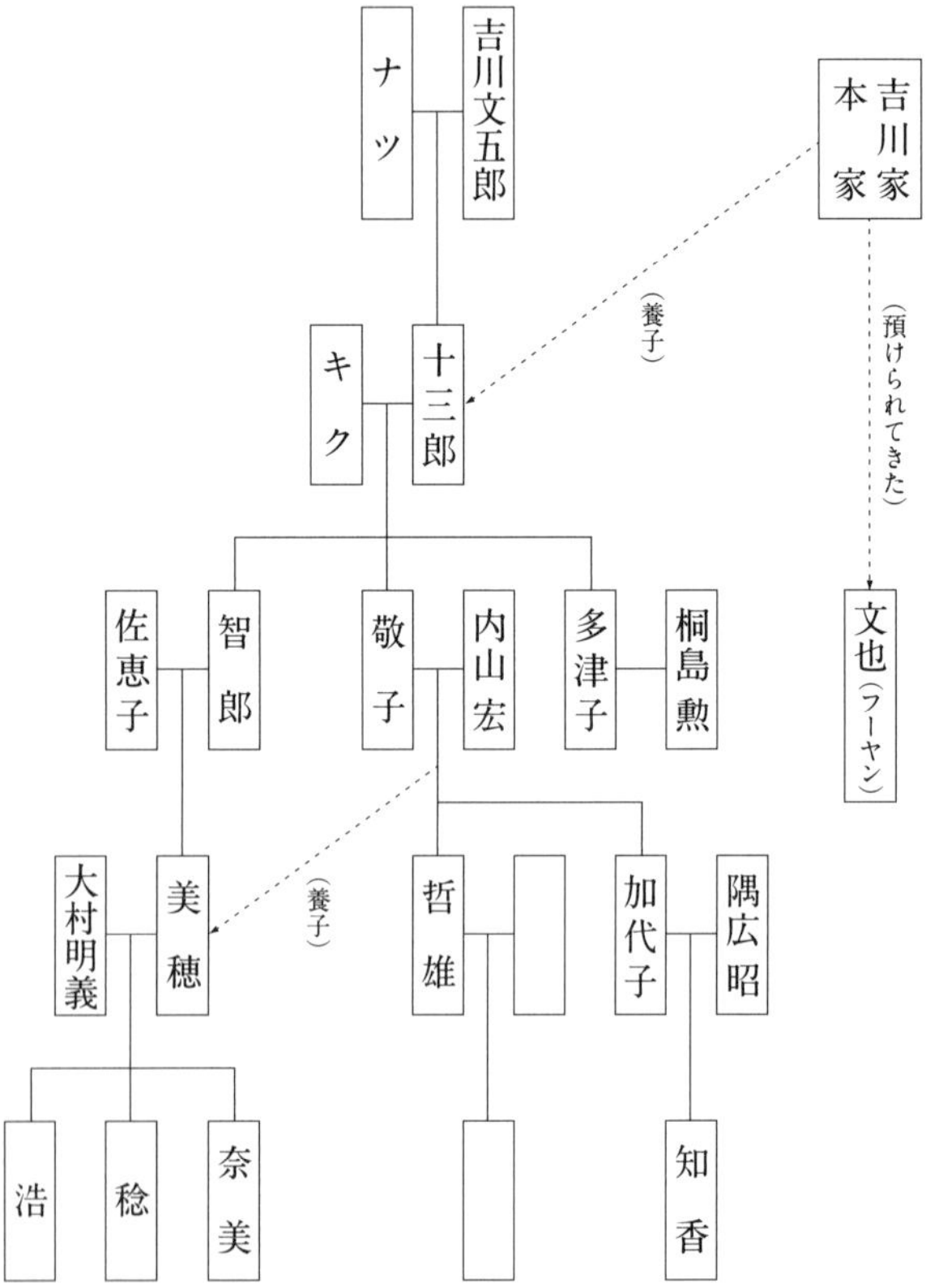

ナツ
吉川文五郎
吉川本家
（養子）
キク
十三郎
（預けられてきた）
佐恵子
智郎
敬子
内山宏
多津子
桐島勲
文也（フーヤン）
大村明義
美穂
（養子）
哲雄
加代子
隅広昭
浩
稔
奈美
知香

1　そう、暇んなかったとたい

「もしもし。内山さん？　渡辺やけど、今週は何がいります？」

問屋の渡辺から、注文を訊ねる電話がかかってくるのは、夜の九時と決まっていた。

電話に出て、帳面を開き、細かい文字で書かれた商品と売り上げの金額を指でなぞりながら、間違えのないように注文する品の名前を、幾度も高い声を出して繰り返し、また相手にも復唱させて伝えた内山敬子は、傍近く置かれた時計を手にとり、皺だらけの目を細めて時間を見た。

いったい、いつ頃から渡辺が九時ちょうどに注文を訊いてくるようになったのか、敬子には思いだそうとしても思いだせなかったが、どうやら問屋の持つ販路の中でも、敬子の暮らす島が最も遠いことから、注文を訊ねる順番も遅い時間となるようだった。この習慣となった注文訊きは、毎週の水曜日、遅い夕食を終えた頃に、居間の畳に置いた電話機の前まで、ここ数年来辛い仕事となっている歩行を彼女に強いるのだった。

時計の針はそれぞれ九時と五分を指している。夏ならばこれから風呂に入るのだが、まだ五月に入ったばかりで、夜ともなると少し寒い。そのため風呂に入らず寝ることにした敬子は、居間から、商品棚や冷蔵庫の置かれた店の方にサンダルを履いて下りていった。曲げるたびに関節が痛み、足首のくびれが見当たらないほどむくんでいるため、すばやく踏みだすことのできない足を苦労して動かしながら、彼女は店の壁際に向けてあるいていく。そして電気のスイッチに手をやって灯りを消し、すぐ横に立て掛けている棒を手にして、飲み物や野菜が陳列してある冷蔵のケースに向かった。ケースの上部には、冷気を逃さないための覆いのビニールが、ちょうど巻物のように収められていたが、背の低い敬子にはそこまで手が届かなかった。それで彼女は鳶口《とびぐち》を伸ばし、先端についた鉤で、被いの取手を引っかけようとするが、暗いためと、手の震えのために、なかなか鉤は取手に引っかからずにいた。

「いっちょん（少しも）届かんで、どうも歯がゆかね」

手を伸ばしながら敬子はつぶやいた。

しばらくのあいだ彼女は暗闇の中で鳶口を上や下に動かし、ようやく被いを下ろす。この取手を捕まえるための煩わしい作業を、敬子は四十年以上のあいだ繰り返していた。

表の引戸と裏口に、それぞれ鍵をかけると、敬子は居間へと、足の関節をいたわりながら慎重に上がる。そうして、ガラス障子で上がり口も閉め切ってしまうと、テレビの後ろにある壁のかけ時計を見た。だが彼女の皺に覆われた目は時計の上にながく留まってはおらず、すぐに押入れの方に向けられた。蒲団を出し、その上で眠る以外、もう敬子にはすることがなかった。

「枕の、どけあったとやろか？」

低い、自分だけに聞こえる声で敬子は言った。鼻からずり落ちそうになっている眼鏡の奥で、いまにもつぶってしまいそうな目をしょぼしょぼとさせながら、片方の手に毛布を持ったまま、しばらく彼女は押入れの中を探していた。そうして、頭を上げて部屋を見まわした彼女は、机の向こうの安楽椅子の上に放りだされているのを見つけた。

蒲団を敷いて寝間着に着替えた彼女は、なお寝るための細々とした準備を、緩慢な動作でつづけた。どうせ、夜中に目をさますのは分かっているが、用を足しに便所に行き、化粧も落とし、枕もとには、灯りを点けずに済むための懐中電灯を置いておく。眼鏡を机に置くと、手でその上を探って洗浄剤の入ったコップを取り、入れ歯を外して中に浸した。それでやっと準備を終えた彼女は、蒲団の中に足を入れると、電灯の紐を引いて灯りを消した。いよいよ寝るまえに、彼女は机の上から取って懐中電灯の横に置いておいた時計に、もう一度目をやった。そして蛍光塗料の緑色に光る針で時間を確かめると、髪の毛の薄くなった頭を枕に落とした。

彼女の肉体のうえに老いがあらわれてきだしたのは、七十をすぎた頃からだった。その頃には、まだ彼女は全身を覆う倦怠や膝の痛みといった老いの特徴に気を配り、しだいに不便なものとなっていく身体に、どうにか馴染もうと努めていた。それはちょうど、馴れた服を捨てて、代わりに自分にはまるで合わない丈と幅の服へと着替えるようなものだった。そして新しい服が窮屈であるか、あるいは大きすぎるものであるかにかかわらず、じき合わないなりに自分の持ち物だという意識でそれを受け入れることができるのとはちがい、もう八十四にもなるというのに、敬子は自らの身体の衰えに対して、日々おなじ程度の、決して軽減されることのない不具合と違和を感じていた。

そのため、彼女にとって睡眠は大事なものだった。なぜならば、眠っている短い時間だけ（朝は早かった。五時前には起きだして身支度をし、朝の食材を買いにやってくる客を待っていなければならなかった）、彼女は自分の重たい足も、容易に上がらない腕も、薄くなった髪の毛も意識しないでよかったからであり、また昼に訪れる睡魔から逃れるためにも、この夜のあいだは眠っていなければならなかった。彼女は一度、レジスターの前の椅子に腰掛けたままいつしか眠りこけ、そのまま前に倒れ込んでしまったことがあった。そのときに打った額には痣ができ、何カ月も消えなかった。身体が前に倒れかけたとき、目をさましながらも支えきれなかったというこの経験は、敬子に自らの衰えを強く意識させたのだった。

だが、昼のたびに襲ってくる抗えない眠気は、どうしてだか夜にはなかなかやって来ず、朝方まで寝られないこともたびたびだった。いまも彼女は、寝る際の癖である片腕を額に乗せた格好で、じっと目を閉じていたが、やはり眠ることができずにいる。

《誰かに、言わんばならんことのあった気のするばってん、それは、いったいなんやろうか？　誰？……ああ、そう、そうたい、美穂に言うとやった。なんやったろか、吉川ん家のこつば、言うはずやったとばってん……ああ、そう、家の屋根んことじゃった。ばってん、美穂は起きとるとやろうか？　電話ばかけてみようか……》と、目をつぶり、身を蒲団に横たえた敬子は考えていた。

　寝つけない夜には、彼女はよくこうして考えごとや、むかしあったことなどを思いだした。するとしだいに、意識は明瞭な輪郭を保ったままで、自身気づかぬうちに夢の中に滑りこんでいく。そして、その夢の中で彼女は、自分の身体を厭わしいとも思わず店に立ち、とうの昔に居なくなった家族とことばを交わすのだった。歳をとってから敬子はよく夢を見た。そしてその夢というのも、ほとんど脈絡のない、断片的な景色や会話が順序も持たずに現れては消えるようなものだった。若い頃に、疲れ果てて眠った夜などにはよく、切れぎれの、緊張を欠いたゆるやかに連なる短い夢を見たものだったが、それがいまの敬子にはほとんど毎夜のことなのであった――なぜなら、彼女はいつも疲れていたから。

　このときも彼女は、最近にあった出来事を思いだし、それを、産んだ娘のひとりに電話で伝えようと考えていたのを、思いだした。《吉川ん家の、屋根に穴のほげてしもうとるって、ケン兄の言うとって、それば伝えんといかんじゃった……どうやろうか？　これか

ら、電話ばしてみようか？》

彼女は枕から頭を上げて、電話機の方にかおを向けた。

だが、《うんにゃ。もう遅かけん、また今度でよかろや》と胸の内でつぶやいて、また目を閉じた。

最近にあった出来事というのは、敬子の生まれ育った家——内山家の三男であった宏のもとに嫁ぐまで暮らし、その後は兄である智郎が家長として、妻の佐恵子と住んでいた吉川家の古い家が、昨年の台風で屋根を破られてしまい、いまでは二階から下の土間まで、すっかり見通せるほどの穴が開いている、と、家の傍を通りがかった親戚が教えてくれたのであった。

「横に坂のあるやろうが？　そこば、ずぅっと下っていきよったらさぃ、吉川の家の屋根の崩れて、窪みのでけとるとの見えるとよ。よおっと見たら、瓦ん屋根のところに穴のほげよって、白か砂やらごみやらの、そこから家ん中に雨と一緒にどんどん落ちよっとじゃなかろか？」

吉川の本家の男であるケン兄は、久しぶりに敬子のもとを訪ねてきたときに、そう話した。また、彼はこうも言っていた。

「だぁれも、もう住まんけん、家の崩れてしまいよる……どうな？　佐恵子姉さんな、元気しよる？」

《さあ、元気しよるやら、どうやら……美穂のこないだ来たときには病院ば変わって、そこにずっと入って寝とるって、そがんに聞いたばってん……》と、敬子はいつしか寝入りながら、ケン兄に向かって話していた。だが、すぐケン兄の姿はどこにも見えなくなり、彼女自身も、それまで話していた店の中ではなく、どこか広々とした人通りの少ない道に立っていた。

彼女の後ろには広い駐車場があり、その横に大きな扉が開いたままになっている建物があった。彼女は、自分がだれかの通夜にやってきたことを思いだし、中に入っていった。最初に入った部屋は薄暗く、だれか、彼女の知らない若い女たちが忙しく立ち働いており、奥の、おそらく棺が置かれているだろう部屋の扉は閉まっていて、そちらの方では、聞き馴染みのある親戚たちの笑い声や話し声が聞こえていた。

中でもひときわ、しきりにだれかを呼んでいる大きな声が耳に入ってくるのだったが、それは疑いもなく兄であったため、敬子は驚き、また嬉しい気持ちが込みあげてくるのを感じた。《会えるとの、もう十何年ぶりになるやろか？　こがん嬉しかことのなかよ、久しぶりに話のできるなんて！》と考えながら、兄に会うべく彼女は閉まっている扉の方へ急ぎ足で（両方の足は軽快に動いた）歩いていき、中に入ろうと思ったが、立ち働いている見知らぬ女のひとりが背後で呼び止め、「何かのご用ですか」と言った。敬子の方も、どういう理由によってかは分からないが、なるべく詳しく話さなければならないという気持ちになりながら、娘の美穂を知らないか、と言った。「たぶん、通夜に来とると思うとばってん、どこに居るやら分からんからですね、呼んでもらえんでしょうか？　あの、吉川の古か家のあるとばってん、あれがこないだの台風で、屋根の崩れっしもうてですね……」

そして見知らぬ女に向かって、美穂の年齢から背格好、さらに自分の産んだ子であったが、まだ赤子のうちに兄夫婦のもとへと養子に出したことなどを、どうしてこんなにくわしく話しているか自身でも分からないまま説明しながら、敬子は扉の向こうの話す声に耳を傾ける。しかし、聞き馴染みのある親戚たちの声の中に兄のものを聞くことはできず、やがて「腰の痛か、痛かよ」という、それらの景色とはまるで無関係なことばが、夢と現実とをはっきりと分かちながら、そしてまた彼女の目を開かせながら、口から漏れ出てきた。

敬子は大きく息を吐くと、蒲団から出されていた腕で腰をさすり、もう一方の腕で自分の下敷きになっていた蒲団を身体の上に掛けなおすと、枕もとの時計を手にとり時間を見た。まだ蒲団に入ってから、幾らも経っていなかった。

「ああ、寒か」

喉に痰を絡ませながら彼女はそう言って、足の辺りを包むようにしていた毛布を胸まで引き上げた。そして、痰をきろうとして、喉の奥から響くような唸り声を上げた。敬子は自分が、さっきまでどんな夢を見ていたのか思いだそうとした。だが、それはすでに曖昧な像としてしか頭に思い描くことができなくなっており、漠然と何かが取りこぼされていったという意識だけがあった。

たしか自分は誰かと会話をしていたはずだ、とこう彼女は考えて、頭を電話機の奥に置かれた棚の方に向けた。彼女が渡辺と話しながら開いて見ていたノートに、商品の売り上げの管理のほか、誰が来たか、何があったのかという短い備忘録もあり、思いだそうとしていることも、そのノートには書いてあるはずだった。《たしか、書いとったはずばってんな……ばってん、なんば書いとったんやろうか？》

そして、目をさましたらノートを見てみようと思った。だが、《早よ寝てしまわんば、また昼に居眠ってしまう……昼すぎに客がふたり来たとやったかな……パンば、幾つってうちは渡辺さんに言うたとやったか……うんにゃ、もうパンな要らんちうて、言うたとやったな……居眠りばしてしまう……オジジの生きとれば、なんば寝よるとかぁ、ち言われるたい……》と別の考えごとが頭の奥から浮かび上がってきて、さきに自分が何を思いだそうと、またどうしてノートを見てみようと思っていたのか、彼女は忘れてしまった。

ノートから意識が遠ざかっていくにつれて、まったく別の景色が敬子の閉じた目の奥に広がりだし、彼女はそちらへと歩いていく。その景色を見ながら、彼女は自分がまだ若く、頬の赤い、腕の先や足の裏にまで活力がみなぎる年齢になっているのを感じていた。

そして、事実彼女は田んぼの畔《あぜ》を歩いていた。ちょうど、四日前の日の出から家族総出ではじまった稲こきが、いましがた終わろうとしていて、脱穀機から吐きだされる籾を敬子は母のキクと共に袋に詰めているところだった。それからキクは、田を歩いて取りこぼした稲がないか見るように言い、それで彼女は固い土の上をゆっくりと歩いていたのであった。

辺りはすっかり日が暮れて、兄の智郎が足で踏む脱穀機が出すウワンウワンという音と、タナスと呼ばれる丈夫な袋にキクが籾を入れているザーザーという音だけが、いつまでも聞こえていた。他の暗くなった田んぼからも、おなじ音が聞こえたが、話し声はどこからもしなかった。一定の音だけが途切れることなく聞こえつづけているために、それだけ家族の沈黙と、辺りの暗さが際立つように、彼女には思われていた。

「おぅい、もう納屋さな行ったら帰ってよかぞ。あとは、おり（俺）と智郎と文也で終わらするけん」と、智郎と文也と呼ばれる青年の傍に立つ〈オジジ〉が言った。またすぐに、「そぃで、風呂ば早よ入れるごとしよきないな？」とも〈オジジ〉は言った。

「なぁい（はい）。ほりゃ、母ちゃんの背にまず袋ば置きない」

キクは返事をして、敬子に言った。

そして、敬子も袋を背負ったのを見ると、薄暗い畔に腰掛けていたもうひとりの娘に向かってキクは言った。

「タツよ、暗かけん気ぃつけて来《き》ないな！」

吉川の家の田畑は、家の前の坂をずっと登っていき、島の山の中腹まで歩きたどり着く場所にあった。舗装などされていない道は狭く急だったため、重い袋を背に負ったキクと敬子は、転ばないようにそろそろと下っていった。身軽だった幼い多津子だけは、辺りの暗さをものともせずに、敬子の前や、母のモンペを穿いた腰にすがりついたりしながら歩き、ときおりキクからさっきとおなじ注意を受けても聞かずに坂を下りていた。狭い道をある程度下りていくと、別の方向に延びていく道と交差する小さな辻に出た。ここからさらに、石の階段を下りていってようやく家にたどり着くのだった。敬子は肩で息をしながら辻の真ん中に立ち止まり、後ろ手で袋をゆすり上げては、呼吸を整えようと深く息をついた。それまで、転ばぬように足下ばかりを見ていた彼女は、そこでやっとかおを上げた。田んぼでは周りに竹が生えていてよく見えなかった海が、はっきりと見えた。太陽はまさに海に没しようとしていて、わずかに空と海面の境に焔のゆらめきを残しているだけだった。だが、海の方角には日光のなごりがあり、頭の上の半分の空を赤と紫に染めていた。もう半分の、山の方角の空には夜が訪れ、すでに月が輝いていた。だが、敬子はそのどちらも見ずに、ただ港を収める入江だけを眺めていた。

入江は、まるで低く地を這う山が、その両腕に紫色の鏡を抱き、うずくまってでもいるような形をしている。湾内には山の影が落ちていて暗かったが、両腕の指先である湾の出口から沖へとつづく海原には、暉映《きえい》の最後の断片が投げかけられている。その水面を舟がゆっくりと、海上に黒い一本の波の線を残しながら沖から港に帰ってくる。水の面に刻まれたその線は、舟が遠ざかるにつれて――ちょうど皮膚の上にできた傷がたるんだ痕を残し、やがてそれも周囲に均《なら》され綴じ合わされていくように――形を失っていった。しかも、その線の数は一本、二本ではなく、無数の痕となって一時も休まず海上に刻まれる。つぎつぎと舟は港に帰ってきた。そのため、ときどき航跡が波間に消えてしまわずに、二本、三本と互いに交差して海上には菱形が幾つも描かれるのだった。また、暗い湾内にも舟がひしめき合い、磯辺の岩や藻のつくりだす褥《しとね》の中で、小魚が群れとなって潜むように、狭い港の波止場を埋め尽くしていた。それはもう過ぎ去った港の光景だった。年寄りが集まっては往時を振りかえって言う「たいした景気」だった頃の眺めを、敬子は見ていた。

上での稲こきの音は、辻に立っていても聞こえていた。その音が急に、似てはいるがまるで別のところからのものとなって聞こえだし、やがて、空や海の辺りかまわずぐるぐると飛びまわり、自分の周囲をすっかり包みこんでしまったのを、彼女は感じた。その音を聞くや、彼女は思わずおぞけ立つ心地になった。《また、この夢！　また、ここに居る！》と、彼女は理解した。

気づけば、役場で打ち鳴らされる半鐘の音が、山や家々の屋根や海の水面に反響しながら聞こえだしていた。その音は辺りを飛ぶ音よりもずっと小さいものだった。すぐ前を歩いていたはずの母親の姿はなくなっており、また背中に負っていた米袋は、さっきまで傍を駆けていた妹に変わっていた。《ああ、この夢、またこの夢ん中にうちは立っとる》学校では半鐘が鳴ると竹藪や林に隠れるように言われており、幾度も彼女は教室や通学のために歩いていた林道から駆けだして、林に潜りこんだものだった。だが、どうしてだか分からなかったが、彼女の足はそこに釘づけられてでもいるように、まるで動かなかった。

「またこの夢ば見よるとかぁ」と、彼女は口に出して言った。そして「この夢」ならば、彼女は一刻も早く走りださなければならない。だが、これまで何度も彼女は見ていながら、そして、おなじ夢の中に居ると毎回理解していながら、いつも走りだせずに何かを待っているのだった。と、家々の並ぶ、どこかの暗い路地でとつぜん風が吹き渡ったかと思うと、竹藪の葉が擦り合わされ、砂粒が何か堅いものにばら撒かれるような音がした。そのあとには、はっきりとプロペラの唸り声に似た音の、どこかからどこかへと掠め去っていくのを敬子は耳にした。これを合図に、彼女は走りだした。背に負った多津子を振り落とさないようにしながら、石の階段を五つほども飛ばして、ほとんど地面に足の裏をつけず、滑るように坂を駆けおりた。そうして走っているあいだも、すぐ耳の後ろをプロペラの音は追いかけてきた。彼女は振り向かず、また息もつかずに坂を下っていく。坂を下りきり、家にさえ入れば安全なのだった。しかし、一秒でも遅ければ、自分と多津子は撃たれて必ず死んでしまう――もう幾度もこのおなじ夢を見てきて、そのつどすんでのところで家に駆けこむことができて助かっているのだったが、やはりその度に、彼女は恐怖に身をこわばらせるのであった。そしていまもそうだった。地面を蹴るようにして走りつづけ、懐かしい家の屋根瓦を見て、最後の力をふりしぼった彼女は、開け放たれた戸口に飛びこんだ。戸を閉めると、途端にプロペラの音は遠いものになった。ただ、音はいつまでも家の上を旋回していて、執拗に敬子を探しているようだった。

戸口を離れて、土間の方に振り向いた敬子は、そこではじめて暗いはずの家の中が、どこにも灯りがないというのに不思議と明るいことに気がついた。家のどこからも物音ひとつせず、自分ひとりだけが立ちつくし（背中に負っていたはずの多津子は居なくなっていた）、さっきの辻の上と同様に、足が動かなくなっているのを感じた敬子は、ほかに何もできることがなかったため、仕方なく頭を上げた。目を向けた天井には大きな穴が開いていたのだったが、これも不思議なことに、穴の先には何も見えなかった。夜の闇も、昇っているはずの月も、飛行機の影も見えない。何も見えないが、確かにそこに穴は開いている。敬子は、一言もことばを発せずに、そしてまた身動きひとつせず、長いあいだ（あるいは一瞬であったのかもしれなかったが、それでも敬子には果てしない時間に思われた）見つめつづけていた。

《そうやった……ケン兄はこれば言いよったったい、穴の、こがん大きかとの開いてしもうとるけん、わざわざ店に寄ってきて、言うてくれとったとたい……》

敬子は、いつのまにか目ざめていた。またしても、いましがた見ていた景色は消え去り、すでにその輪郭さえも失って思いだすことができなくなっていた。

代わりに彼女の意識は、障子で隔てられた店の中に置かれた冷蔵庫の——彼女自身の喉から出る唸り声と似た——モーターの振動する音に向けられていた。

《あれも、だいぶん古かもんな、もしあれの故障したら、もう買い替えんで、お店ば辞めんしまわにゃいかん……》

そう敬子は思いながら、同時に、若い、ひとの好さそうな笑顔を浮かべる男と机を間にして座っている光景を思いだしている。

「ようここまで丁寧にお金ば付けとりますね」

机の上に開かれた帳簿に目を通しながら、男は感心したという声で言い、それから俯きがちに敬子が言ったことばに対して労《ねぎら》うように、「ひとりやったら、なんでも自分で管理せんといかんですもんね」と言った。

店の改築費用として融資を受けるため彼女は船に乗って、平戸の信用組合を訪れていた。通された小さな応接室で、敬子は緊張のため強張ったかおつきのまま座り、まるで自らにとって恥ずかしいものを見せなければならないかのようにして、おずおずと汚れた表紙の帳簿を男に見せたのだった。そして、自分ひとりで店を営んでいること、夫は結婚して十年足らずで死んだこと、などを話したのであった。

連絡船の船乗りをしていた夫が〈ぽっくり病〉で死んでしまったあと、いつまでも泣き暮らすわけにもいかず、はじめは洋服の仕立てによって生計を立てようとしたこと、しかしそれでは生活できるほどの金にならないことが分かり、また自分には針仕事が向かなかったのもあって辞めてしまい、商店を始めるまでにも幾つか仕事をやってはみたのだが――信用組合の男が労いのことばをかけたのは、ちょうど彼女がそうしたことを話しだそうとしたときであった。

店にある冷蔵庫、冷凍庫、レジスターは、改築と同時に揃えたものだった。新品の設備を揃えた四十年前には、これほどのものを一度に店に置いたのは村の中でも敬子が最初であり、彼女はそれを秘かな誇りとしていた。敬子は、それらの品が店に届けられた日のことを思いだしはじめた。

「波止場のまんまえに家の建っとってよかなぁ。待ちわびんで商品のすぐに届くもんな」

船着き場に届いたばかりの冷蔵庫を、電器店の男ふたりが運んできた車から下ろし、敬子はその横に立って作業を見ているると、ちょうど昼飯のために船から降りてきた、顔なじみの漁師が傍に寄ってきながら、からかうようにそう言って笑いかけてきた。

「そうたい、魚でも品物でも、ちょっと草履履いて取りに行けるけん、よかなぁ」と、それまで冷蔵庫を万一にも落としてしまってはいけないと慎重に地面に置いていたふたり組のうち、五十ほどの歳の男が屈めていた腰を伸ばしながら、漁師に同調して言った。

互いに知り合いであった両者のあいだで二言、三言会話がつづいていたが、煙草を取りだして火を点けながら、漁師は「おっと！　なんば買うたとね？」と、ひょうきん者らしい声を出して、いまになって梱包された業務用の冷蔵庫に気がついたというように、煙草を持った手で指さした。

「冷蔵庫や……立派か物ば買うたったい？　ええ？　ケイコシュウよ」

そして、そう漁師は言ったのだったが、彼が敬子の名に付けた〈シュウ〉とは、この島では年長者の女に向けてつかわれるものだった。漁師は敬子よりも年上だった。それで彼女は、この冗談好きの男が〈シュウ〉と付けて呼んだのは、値段の張る冷蔵庫を買った自分の思いきりの良さから言ったのだと思い、さらに村の若い者たちが、夫に先立たれた女に対して一般的に向ける軽薄な調子をも、その口調から感じとって、不意に込みあげてきた恥ずかしさから、そっぽを向いた。

敬子の視線の先には、電器店のもうひとりの男が立っていた。まだ二十歳をすぎたばかりというようなこの青年は、自分のすぐ後ろに立つ電信柱に背中をもたせかけて、港に停泊する貨物船や漁船のあいだを飛ぶ鷗《かもめ》を、悠然としたかおつきで眺めていた。投げだしたように外を向いて置かれた足といい、両手の指をズボンのベルトに引っかけるようにして、ゆったりと構えた上半身といい、首から上だけはしっかりと一定の角度で海を向いているかおといい、その全身で若い者の気取りをあらわしている青年は、敬子の視線に応えようともせずに波止場を見つづけていた。

漁師は家に帰り、電器店の男は仕事を再開するように腕をゆっくりと回して手袋をはめた両手を叩いた。「段ボールば下に噛ましてから、このまま押してこや」と男は、電信柱から背中を離した自分の息子に声をかけて店の中に冷蔵庫の部品を運びこみだした。

ふたりの男が動きだしたのを見て、敬子は冷蔵庫がきちんと店の中にまで入るよう裏口の戸が開けられているか確かめようと、彼らの先に立っていこうとした。そして、夢によくあることだが（敬子はまたいつのまにか眠っていた）、そのように思ったときには、同時に、すでに店の中に居る自身の姿を、どこか離れたところから見ている自分も彼女は感じていた。つぎの瞬間になると、彼女は居間の上がり口に腰掛けており、外からの弱い光が差しているほかには灯りのない店内をぼんやりと眺めている。電器店の男たちはどこにも居らず、新品の冷蔵庫もなかった。ただ壁には、見慣れた、商品の並んだ古びた姿の冷蔵庫が置かれていて、それがあまりにも鮮明であり、しかも、いかにも目の前にして見ているように感じられたため、敬子は果たして自分が本当に蒲団に入っているのか、それともそのように思いこんでいるだけで、じつは上がり口に腰掛けているのではないかと考えている——こうした意識の混乱のさなかにも、彼女は、やはり同時に、また別のことを考えだしていたのであった。

それは、自分の暮らしてきた時間の中に、どうしてこうも暇がないのだろうか、ということだった。店で立ち働く時間と、そのほかの、もう一半としての自分の時間というような区切りがないまま、いつも何かに追われるように蒲団に入るまでの時をすごしてきた、それは一体なぜなのだろうか？　ちょうど障子を開けばすぐ店に繋がるこの居間のように、どちらがどちら、という境目が自分の生活にはない、ということを敬子は、どのように言いあらわして良いのか分からないまま、考える。

そもそも自分の生きてきた、この島の港が、そういう場所ではなかっただろうか？　家から数歩も歩けば――《ばってん、いまじゃ、たった数歩もさるかれん（歩けない）とばってん……》――その先に海が広がる、この場所というものが、境を持たないのではないか。大潮の夜や凪いだ朝など、海の水はその静けさのまま、自分の店に、そして横たわる自分のすぐ下まで満ちてくるかと思われる。自分の時間も、要はそういう、境のない場所でこそ流れるものなのではないか。

彼女はこう、いまにも眠りの中に落ちこみそうになりながら考えた。こうした考えを思い浮かべるのは、これまでの人生で一度や二度のことではなかった。夢と夢の短いあいだの、不意に訪れる目ざめの瞬間に、何度も彼女は思い至った。

だが、日々はいかにも早く流れ、いつも彼女はそうして考えついたことを整理し、秩序だてて吟味する時間を見出せなかった。そうしてきょうのような夜の日に振りかえったときには、考えていたことはすでに遠く流れ去ってしまっていた。ただときおり、過去の時間は夢の中に記憶をひきつれて、新鮮な感覚のまま彼女のもとに訪れる。そのつど彼女は考えるのであった。

「そう、暇んなかったとたい」

敬子はそう言ったが、いま自分が夢のうちにあって言ったのか、それとも、相変わらず筋がこわばり鈍い痛みを抱える腰を気遣って、横向きになって眠ろうと努めている現実でつぶやいたのか、自身も分からなかった。

寝ていたかと思えば朝になり、一息つくかと思えば渡辺からの電話を受け、何かに追いまくられるように寝る準備をはじめなければならない自らの境遇を、「暇がない」と敬子は言うのだったが、それがいかにも、自身でもしっくりとくることばに思われた。

《そうよ、暇んなかったとたい。宏さんの死んでも、悲しむ間もないまま、すぐ働きださんとならんで……哲雄ばひとに預けて、まだ小学校に上がったばかりの加代子には店ば手伝うてもろうて、美穂ば兄ちゃんにやって、子もまともに育てられんごと貧乏で忙しうして居れば、気がついたらもう、こがん歳になっしもうた》

敬子は自らの心に不意に湧きでた感情を、まるで誰かに話してでもいるようにして、胸のうちで語った。そして――《どうして自分にだけ、こんな辛いことばかりつづいたとやろう？　そう、暇んなかったとたい……》と彼女はつぶやいたとき、何やらそのことばをむかしにも聞き、また自らの口からも発した記憶があったのを、思いだした。

「お金んこともあるばってん、家には敬子ば学校さな（に）、やる暇のなかせんでな」

担任と、もうひとりで連れ合ってやって来た先生を送りだすため、土間から戸口に出ていきながら、吉川の家の中で〈オジジ〉と呼ばれていた祖父の文五郎は居間で彼らに言ったことばを繰りかえしている。敬子は、そのあいだに居間をそっと抜け出て庭に出る裏口の前に立ち、そこで交わされている祖父たちの会話を聞いていた。

その年、敬子は学校を卒業することになっていたが、担任は成績がよく勉強好きでもあった彼女を上の学校へやってはどうかと文五郎に言いに来ていた。

敬子は裏口から庭に出ていこうとして、ふと傍に、いつの間にか妹の多津子がついてこようとしているのに気がついた。それを、険しいかおで制して手であっちへ行けというようにした。ひとりで居たかった。妹が母の居る二階に上がっていくのを見届けると、彼女は暗い縁側に腰掛けた。そうして膝に腕を置いて、そのまま前かがみの格好でぼんやりとしていた。視線の先には地面と、それから風呂場の薪をくべる焚き口の横に掘られた井戸があり、そこに電気の灯った二階の窓から、その枠の形のままに光が落ちていた。井戸の縁の周りにこぼれた水が光を受けて、銀色に輝きながら風呂場の壁沿いに流れている。

「どうして自分ばっかり、こんなに辛いことのつづくとやろう？」

水が流れる先を敬子は目で追っていきながら、ささやくようにして言った。

だが、そのことばは本心から出たものではなかった、少なくとも、そう言った彼女自身には本心でないと思われた。戦争が始まったばかりの頃に父と一緒に平戸で観た映画に、おなじような境涯の少女が、いま言ったようなことを口にしていたのを思いだし、自分も言ってみようと、ふと考えたのだった。だが思いだしたそばから、いや、映画などでなく、本の中にあった台詞だったのかもしれない、とも彼女は考えた。しかし本心からのものでないにせよ、また自身そう分かっていたとしても、とにかくいま言ったことばは、それが自らの口から出たということによって、彼女のうちに悲しい気持ちを湧き立たせると同時に、落ち着きと納得をもたらすのであった。

二階の窓はこもった空気を外に出すためか開け放たれていた。そこの部屋には彼女の父である十三郎が床に臥せっていて、彼のぼそぼそと話す声や、また「おりょ、どげんしたと?」と、どうやら上がってきた多津子に向けて言っているらしい母の声が窓から聞こえる。文五郎が担任に言ったことばには、口にこそ出さなかったが、父のことが明らかに含まれており、また普段の〈オジジ〉には見られない微妙な目配せで、担任に向かって天井の方を示してみせたのにも、敬子は気がついていた。

彼女はなぜだか自分が庭に出ているのを気づかれないようにしながら、両親の声に耳を澄ませていた。

もともと、からだの丈夫な方でなかった十三郎は、それまでも平戸の病院に入っていたことがあったが、戦争が終わると同時に急に病み衰えてしまい、その頃には蒲団から起き上がることさえできなかった。——横たわった敬子の頭の中を、またそのときの記憶に連なるようにして、自分に向かって「父ちゃんな、脊髄の病気って、病院の先生さんの言うたよ」と、自身詳しくは理解していないことを話す、あまりの不安から呆けたような表情になったキクのかおや、父の入った棺桶を埋めるため掘り起こされた墓地の土が、まるで炭を砕いたように真っ黒であったことなどが思いだされ、それらが、引き伸ばされた瞬間となって横切るのだった。

彼女は縁側から立ち上がると、井戸の傍に近寄った。そして、自分の影が落ちかかり、いっそう暗くなった井戸の中を覗きこむ。暗い、ところどころ大きな岩が飛びでた洞の奥に、ぼんやりと自分らしき黒く円い像が揺らいでいるのを、彼女は見ている。と、また別の想念が湧いてきて、どういうことか年老いた姿の自分が、昼下がりの明るい庭で、おなじ井戸の前に立っているのを、彼女は見ている。《海の満《み》った日には、井戸の水の、しょっぱか味のしよったばってん、あれは、海と繫がっとったとやろうねえ》そのように考えている自分の姿は、やがて再び店の中に居て、夕方の西日が裏口から差しこむ廊下に立っている自分に置き換わっていった。

となりには仲の良い友だちで、おなじ頃に結婚した大浦清子が立っていた。彼女も自分も、まだ結婚したばかりで、漁師である清子の夫はまだ港に帰っておらず、宏も、どこかに行っていて留守であった。敬子は、夏の暑さをまぎらすため、これからすぐ目の前の波止場で少し泳がないかと清子に誘われ、廊下に出ていたのだと理解した。

なお彼女は、もしも自分たちが結婚したばかりの頃ならば、宏はまだ死んでおらず、したがって彼の死後に商いをはじめた自分が店の廊下に居るのはおかしいということも分かっていた。だが、《そうやった、本当は宏さんの死ぬまえから、うちは店ばしよったとたい》――こういった、いかにも夢らしい考えが思い浮かび、彼女もすぐにたしかにそうだと納得したのだった。

波止場はその頃、港の者たちが〈ガンギ段〉と呼んでいた、大きな平たい石を階段状に積み重ねただけの簡素なもので、台風が来るとすぐに湾に沿って建つ家々に水があふれ、流れこんでくるような代物であった。敬子に限らず、夏の暑さが厳しい日の夕方などには、大人も子供もこの〈ガンギ段〉から海に入って身体を冷やしていた。

それで敬子たちも、もうじき船が港に帰ってきて、夕飯の支度に追われる時間が来るまえにひと泳ぎしようとしているのだった。彼女も清子もワンピース姿（港ではむかしは簡単服と呼んでいた）のまま階段状の、ところどころフジツボが付いた石を降りていくと、一息に身を海水に投げだした。そして停泊した船の縁や陸と渡してある綱に掴まりながら、足のつかない深さのところまで泳いでいき、そこに浮かんでいた。

湾の家の前にはかならず〈バンコ〉と呼ばれる腰掛けが置かれていて、そこで、それぞれの家の者たちが休んだり、あるいは漁具の整備をしたり、あるいは開いた魚を干したりしているのだったが、敬子たちの泳いでいるのを、そこで夕涼みをする若者たちが見ていた。敬子も、風呂上がりらしい、さっぱりとした寝間着姿で腰掛けている彼らに気づいていた。彼ら三人連れの若い男たちは、いずれも宏の知り合いであり、年長者だった彼が、よく家に呼び酒を飲ませていたことから、たわむれに「おりの子分の若っか衆ども」と呼んでかわいがっていた者たちだった。

はじめ彼らは敬子たちの方を見ても気に留めていないふりをしているようで、何も言わずにいたが、そのうちひとりの青年が立ちあがりざまに地面に唾をはき、ズボンのベルトに挟みこんだ手拭をぶらぶらとさせながら波止場のすぐ海の前まで歩いてきた。

ゆったりと、だらしなく腕を振って歩く男の動作といい、その後ろで、それぞれ楽な格好で腰掛けている他のふたりのかおつきや話し方といい、決しておもてに出さないようにつとめているものの、その隠された態度もふくめて若者特有のにおいのようなものが、彼らからは強く発散していた。そのにおいとは、最近になりようやく子供扱いを受けなくなった者たちの、自分の将来や女や仲間うちでの評判にしきりと目うつりしてばかりで、体つきは立派だが、そのくせコップで酒を二杯も干さぬうちから酔いつぶれてしまう、港の女房たちから見ればかわいらしいだけの青年たちが島の〈母ちゃん〉と出くわしたときに見せる、まださまにならない気取りであった。男は手にある煙草を捨てようとして立ったらしいが、泳いでいる者の傍に吸殻が流れていってしまうのは気が咎めたようで、煙草を足下に捨てると、後ろを振り向き何やら言った。彼の声につづいて、〈バンコ〉に座る、かおの細い、ぼさぼさに髪を伸ばした男が威勢の良い声で何か冗談らしいことを言った。と同時に、それまでの話し声は大きな笑い声に変わった。

「それやったら、どっちか選んで、わが（おまえ）の荷なっていけ」と、男の中のひとりが笑いながら言ったのが聞こえた。また、こういう会話も聞こえるのだった。

「内山のかあちゃんの後ろは、だー（誰）な？」

「カッ兄のかあちゃんたい」

「内山のかあちゃんよ、ヒロ兄の船員やけんが夜の早よ寝てしまおうもん、寂しかろう？」

彼らの中でも、特に冗談好きらしい男が、かおをほころばせながら、勇気を奮ってはっきりとした声で言った。そしてそれから先は何も言わずに、何やら男たちだけで彼らは笑っている。

敬子はその冗談が聞こえなかったというふうにかおを背けて、夕暮れの空に流れていく雲に瞳を向けた。そうしていながら、「そうたい。かあちゃんって呼ばれよったとたい」と彼女は、急に、自分がいま海に身を浸しているのは夢だとはっきり気がつきながらつぶやいた。

「そうたい。学校に通いよった娘ん頃から、気がついてみれば、かあちゃん、そんつぎはケイコシュウ、そいで、いまになってみればケイコ婆になってしもうとる……早かねえ、区切りもなかごとして年とってしもうとる。ほんとうに早かよ」

彼女はこう口に出して言ったのだったが、その声はどうやら清子や、波止場の上で自分たちを眺めている男たちには聞こえてないらしく、また海に身を浮かべる自分自身も、そう言った声を発しもしなければ、聞いてもいないようであった。それでまた敬子は、自分がどこか別のところから自分自身を眺めているということにも気がついたのだったが、それを不思議な事態だとは感じないでいるのであった。「そう、そうたい……いつからうちは、かあちゃんになって、婆ちゃんになってしもうたとやろうか？　暇んなか……そうたい、ほんとうに暇んなかごてある。いつのまにやら、そう呼ばれだしたと思いよったら、うちが応じるも応じらんもなく、かあちゃん、婆ちゃんにさせられっしもうた」

そしてこう言ったとき、彼女は頭の中で《かあちゃん、ケイコシュウ、ケイコ婆……》と、もう一度順番に自分の呼ばれてきた名を繰りかえした。するとそれらの呼び名は口に出して言った疑問とは反対に、それぞれがまるで自らにしっかりと縫いつけられた糸の目のように思われた。《そうたい。縫いつけられてしもうたったい。あんときに、うちばっかり辛い目にあうって言ったあんときに……ああ、耳の熱《あつ》かね》

敬子の意識の片方には、枕に被せた布に耳が押しつけられて汗ばみ、また息をするたびにざらざらという音がしているのや、右足の下になっている左足を動かしたいと思いながら、掛け蒲団が絡まっていて容易に動かせずにいるのや、またあるいは習慣によって、そろそろ便所に行かねば間に合わないと思い始めている、蒲団に横になった自分が居た。だがもう片方の自分は、一緒に生ぬるい海の中を泳ぐ清子が立てるわずかな波が首元をくすぐる感触や、自身も手足をゆっくりと動かして、首から上を出して泳ぎながら、足の指のあいだをかき混ぜられた水が流れていく感触といったものを、たしかに、まさにいま味わっているものとして感じているのだった。《そうやったら、さっき喋りよったときは、起きよったとやろうか？　それとも、夢ん中やったとやろうか？》と、彼女は考える。

「ほんに早かよ、そうたい、暇んなかったとたい」と、どちらでもない自分の声は、また言うのだった。

「わが、そがんこと言うたら宏さんに、がみ殺される（叱り飛ばされる）ぞ？」

ゆっくりと腕を動かしながら敬子のとなりに浮かぶ清子が、男の冗談に、笑いながら言い返した。

「内山のかあちゃんにカツ兄のかあちゃん。よか格好ばしよるけん、ヒロ兄に写真ば撮ってもらえよ」

男のひとりが言った。と、それまで夫はどこかに出かけているはずだったが、男の一言を聞いた敬子の中では、宏が店の二階に居るということになった。彼女は店の二階の窓を見あげた。だが、窓は西日の赤い光を映すだけで、奥に居るはずの夫の姿を見ることはできなかった。それで、《カメラば弄《いじ》りよるとやろう》と敬子は考えた。

戦争から帰ってきた宏が唯一持っていた趣味というのが、写真を撮ることだった。佐世保まで行って探し求め、手に入れたカメラで、彼は家族や風景を撮り、狭い物置部屋を現像室としてつかっていた。彼はいまも、暗い物置の中に座りこんで写真を現像しているのだろう。そう敬子は思うのだったが、彼女の目は二階の窓に向けられたままだった。そこに夫の姿はなかったが、家の中に居るはずのその存在が、それ自体見えないまなざしとなって、自分を見つめているように彼女には感じられるのであった。

いま、敬子は夢の中にあって、そうして夫から見つめられているという、喜ばしい感覚を久しぶりに味わっていた。また、宏が生きていた頃の生活をも、懐かしく思いかえしていたのだったが、それはどこかままごとじみていて、ほんとうの生活ではなかったように思われるのだった。一度目に大陸にやられ、二度目には台湾に行き、そこで戦争の終わりまで居て、生きて港に帰ってきたとき、宏は三十をまえにしてすっかり若さを失っていた。戦後すぐに連絡船の船員となって働きはじめた彼を朝早くに起こし、弁当を持たせて、夕方に帰ってくるのを待つ。これがその頃の敬子の生活であり、そこに子供が加わり、住んでいた借家が狭く、賑やかになっていきながら、いつまでもつづくものと思われていたのだった。しかし、のちのひとりの苦労は、そうした日々にもあったはずの時間の起伏をまるで平らなものに均してしまい、めったに夢にも見ることがなくなっていた。それだけに、彼女は宏と所帯を持ったばかりの自分に帰っていることがはっきりと意識され、喜びもひとしおであった。そしてこのときになり、ようやく〈バンコ〉で話す若者たちが、宏の葬式で墓場の穴掘りの役をつとめていた者たちだったことに、彼女は気がついた。

「ほかの家のかあちゃんは居らんとな？」と、ひとりの男が言う。

「そうたい。トー兄のかあちゃんは泳がんときゃ？」

別の男があいづちを打って敬子に訊いた。〈トー兄〉とは、兄の智郎の港での呼び名だった。

「佐恵子さんやろ？　佐恵子さんは泳がれんもんば」と清子が敬子の代わりに返事をした。敬子は男たちと清子との会話を聞きながら、はたして自分がどこに居るのか分からなくなっていた。海を漂う自分も、それをどこか別の場所から眺めている自分も、何か、ぼんやりとした膜で覆われたもののように感じられ、さらに漠然と目覚めが近づいているということを感じている自分も——加えて、そう感じている自分を意識している自分も——居て、それら全ての自分が、不統一で曖昧だった。しかしそれでも、この夢の時間はいつまでも続くもののように彼女には思われていた。

　さっき男たちが座っていた〈バンコ〉には、いつのまにかケン兄が腰掛けており、敬子に向かって何やらぼそぼそと小声で話しかけていた。だが、ささやくような声であったにもかかわらず、ケン兄の口から発せられたことばが「佐恵子姉さんな、元気しとる？」というものであったのを、はっきりと敬子は聞きとった。

その声の調子は、それまで本家の者として智郎と若い頃から親しく接していて、彼が死んだあとにもひとり残された佐恵子を平生よく心配していたケン兄が、敬子と会うと必ず口に出す、聞き馴染みのある言い方であった。

「さあ、どげんかねぇ、美穂は、佐恵子さんの病院にずっと入っとるちうて、言いよったばってん……だいたいが、長いこと寝たきりって、そがんふうに、うちは聞いとるよ。まえから胸やら腰やら、どこもかしこも痛か、痛かちうて、佐恵子さんの言いよったばってん、いまは、ずぅっと寝たきりで、もう誰のことも分からんごとなっとるって美穂の言いよったとよ」と、敬子はケン兄に言ったが、そのとき自分の後ろで、何やら青や黒い物の影がしきりに動き回るのを目の端でとらえ、そちらの方にかおを向けた。だが、はしっこく動く影の正体を見定めることはできず、やがて彼女はいつのまにか陸に上がっており、清子も、男たちも、ケン兄の姿もどこかに消えているのに気がつくのだったが、そのことはさして重要なことではないと分かっていた。佐恵子が家を脱けでてどこかを徘徊しており、これから彼女を探しに向かわねばならない用事ができたのを、敬子は思いだしたのだった。

辺りは暗く、道を照らす灯り一つなかった。たしかに港に沿って歩いているはずだったが、どこからが道で、どこからが海なのか、それさえ分からない暗さの中を、敬子は佐恵子を探しに向かっている。サンダルを履いた自分の足音がするほかは、風の音も波の音もしなかった。

佐恵子がどこを歩いているのか見当もつかなかったが、彼女は港からずっと歩きつづけたはずれにある、狭い磯辺を目指して歩いた。そこは切り立った山の岩肌が崩れた崖のように磯を途切れさせている、島の先端に広がる寂しい場所だった。港では〈シャンシャン端〉と呼ばれるその磯に、どうして佐恵子が居るのか考えもしなかったが、きっとそこに居るに違いないと敬子は疑わなかった。磯に向かう道は、広い原っぱの真ん中を突っ切るようにして延びている。左手の方には、小高い山の裾に沿って一面に草むらが茂り、敬子の歩く道からは、反対側の波止場の向こうとおなじくそこも、暗い海が広がっているかのように眺められるのだった。その草むらの中に、一軒の建物の影が佇んでいる。〈オジジ〉の代から兄の智郎が死ぬまでのあいだ、はじめは鰹節の、後にはイリコ製造の作業場としてつかい、そしていまでは用のなくなった漁網を入れておく場所としてつかっている、吉川家の大きな納屋であった。

納屋は草に囲まれ、板壁には大きな葉をつけた蔦が絡まり、近寄ることもできない有様だった。「オジジの生きとる頃やったら、こがんに草の生えることのなかったろうな」足早に納屋を通り過ぎ、磯辺へと急ぎながら敬子はつぶやいたが、その瞬間に彼女の頭の中には、田んぼや畑に行くときにも納屋に向かう際にも、いちいち腰を曲げて、道や作業場の前に生えた雑草を一本残らず黒く太い指で引き抜いては捨てる祖父の文五郎の姿が、まざまざと蘇ってきた。また智郎も〈オジジ〉にならっておなじように草を抜きながら歩いていたのだったが、その姿も、彼女はなつかしく思いだすのだった。

そして、これらの追憶がひと連なりとなって彼女の目のまえを過ぎ去ったことで、どうして佐恵子がこの道を通り、磯に向かったと自分が分かっているのか、ようやく敬子は気がついた。佐恵子は、帰りの遅い智郎を探しに納屋にやって来たのだ。彼女はそこに夫が居ないと知るや、晩飯に何か添えようと磯に降りて貝でも採っているのだろう。そう佐恵子は思って徘徊しているに違いない――そう、敬子は自分が考えていたことを思いだした。《佐恵子さん、もう兄ちゃんは居らんとに、そがんことも忘れっしもうたとな？》と、敬子は胸の内で言う。

道はいよいよ幅が狭まり、それまで平坦だったのが、なだらかな下り坂に変わった。防波堤も途切れて足下にあった砂利が大きな円い石ばかりになってきた。波が砕け、岩や石を洗う波の音が聞こえてきて、敬子は転ばないように見えないながら足先で大きな石の上を選んで踏み、暗い磯に降りていった。佐恵子はどこに居るだろうと、彼女は辺りを見まわす。どこにもその姿はなかったが、しかし、必ず居るのだった。視線を波打ち際から徐々に上げていき、崖の険しい坂に生える松林の方まで転じると、白い洋服がそこを登っていくのが見え、頭や手足はまったく闇の中に埋もれてしまっているが、敬子はそれが佐恵子にちがいないことを知っていた。

「佐恵子さん、そがんところば行ったら、あっぱかよ（危ない）、海んにき、つっこぼる（落ちる）ばい！　わが、泳がれんとやから、そっちの方さな、行ったらでけんよ」

海から吹く風と波の音で、自分の声は遠くの佐恵子の耳には届かないだろうと敬子は思いながら、それでも両手を口に当てて大きな声で言った。やはり佐恵子は敬子の方を振りかえらず、ゆっくりと松林の中を登っていく。

そうだ、と敬子は考える。泳げなかった佐恵子は、漁師の家でもなければ農家の娘でもなかった。島の外の人間であったから、〈オジジ〉は、はじめ智郎が結婚したいという願いを斥けてきた。だが、智郎は強硬な態度にでて、ついに無理やり佐恵子を家に連れてきてしまった。泳げもしなければ、力仕事も不向きで、そのため、港の〈母ちゃんたち〉から彼女は馬鹿にされていたのだ。敬子は、家に嫁いできて日の経っていない頃、佐恵子がしばしば買い物のついでに、こっそりと電報を打ちにいくのを知っていた。彼女が実家にいた頃に兄弟のうちでいちばん仲の良かった妹の節子に宛てて、嘲りに耐える辛さを電報で訴えているのを知ったのは、ずっと後のことだった。だが、いそいそと出かけていくうしろ姿を見ながら、敬子はなぜ彼女が電報を打ちにいくのか、そしてその秘密をひとから隠そうと努めているのか、分かっていた。

崖を登っていく佐恵子のうしろ姿は、遠くなりながらも、敬子の目にははっきりと見えていた。佐恵子が気に入っており、歳からして似合わないものになっていたが、それでも長いこと着ていた白いワンピースであった。暗闇の中に小さくなっていくその白い服は、一面の真っ黒い景色に浮かび上がるように見えた。

「佐恵子姉さん！　海につっこぼるけん、行きなんな」

敬子は、佐恵子の強情な性格からして（認知症になり、場所も時間も関係なく繰り言を話しては泣きだすようになるまでは、一度もひとまえで弱音を吐かなかった）おそらく振り返ってはくれまいと知りつつ、声を張り上げて呼びかけた。「佐恵子姉さん！　佐恵子姉さん！　姉さん！」

最後に、ほとんど叫ぶようにしていったそのことばが、自分の声であったはずなのに、まるで耳元で聞こえたようだったので、敬子は驚いて目を開けた。そして、目を開けたその瞬間から、それまでの、何やら自分が見ていたはずの様々な情景は、みなどこかに運び去られてしまい、何もかもが索漠とした印象の断片になって、それもすぐに消えてしまった。

目をさますと、彼女は再び自分の重たい、節々が不愉快に軋む身体を動かす苦しみにため息を吐いて、枕もとの時計に手を伸ばした。

そろそろ起きなければならない。もう二時間もすれば客がやってくる。それまでに敬子は起きだし、化粧をして店を開けなければならなかった。だが、彼女はまだ眠っていたかった。もう一度寝つけるだろうかと考え、蒲団をめくって彼女は立ち上がろうと手を畳についた。身体を支える手首に痛みが走り、彼女は眉をしかめると、ぶつぶつとつぶやきながら、懐中電灯で足下を照らして便所に向かった。

蒲団に戻ってきて再び身体を横たえたとき、敬子は海に潜りでもするように二度、三度と大きく息を吸い、吐くのを繰りかえした。そうしていると身体が軽くなるのを感じ、頭の奥が痺れるような感覚のうちに、また無数の追憶——あいかわらず夫や兄や祖父が居る、ずっと昔にかすめ過ぎていった、融け合い、混ぜあわされた景色をいつしか彼女は見はじめていた。

「なあ、ケイコ婆よ。村の若っか衆にでん言うて、どがんかしてもらわんば、ならんとじゃなかかな？　すっかり、屋根に穴の開いてしもうとるばい」と、店の入り口に腰掛けて煙草を吸いながら、ケン兄は居間の畳に立つ彼女を見あげて言った。

それで敬子は、相談せねばならないから美穂に話してみるつもりだと言うのだったが、そのことばも、また言っている内容も、以前にも話したような気がして、どうにか思いだそうとした。だが、そのあいだにも彼女は、また自分が別の景色を見はじめているのを感じている。

2　あっちゃこっちゃ、うろうろしとったもんばい

「かあちゃん、クマヒロのオイシャンの来た」

　港から家までの細い路地に蹄の音が聞こえてきたと思うと、まだその姿が曲がり角の向こうにあって見えないというのに、表に居た多津子は繰りかえし叫びながら玄関に入り、裏庭で洗濯物を干す母親のもとに駆けていった。港では幼い子供や、あるいは蛙などの小さな存在が跳ねまわるさまを「ピンコヒョンコする」と言っていたが、そのことばのままに、小さな円い足を忙しくうごかして土間の上を走り抜けると、いきおいよく裏口の障子を開け放った彼女は、服を持って屈んだ格好の母親の腰にすがりついた。

「おりょ、どげんしたと？」

　母のキクは、何度も呼ばれていたにもかかわらず、だしぬけにしがみついてきた娘に驚いて言った。「タツ、どげんしたときゃ？　いきなりにさぃ……敬子の帰ってきたって？」

「ちがう！　姉ちゃんな、帰ってこん！」幼い娘は、母親の誤りを声の大きさで正すのだとでもいうように、甲高い叫び声を上げた。「ほら、馬の来よるよ。クマヒロのオイシャ

ンの、馬ん歩きよる音の、しとるよ」

「クマヒロさんじゃなか、クマシロたい」

キクは振りかえりながら立ち上がると、娘の言いまちがいを正してやるのだったが、多津子の方は母のことばを聞いていないようだった。彼女の目も耳も表の砂利道の方に向けられて、関心は窓の向こうにあらわれた一頭の大きな馬と、馬上から降りたばかりのいかめしいかおをした男のひとと、何やら話しているらしい〈クマヒロのオイシャン〉に奪われてしまっていた。

「かあちゃん!」と、多津子は唐突に叫び声を上げた、その大きな声で母に向かって、自分がすばらしい発見をしたのだと知らせるために。「あんね、耳のな……馬の、馬の耳のな、こう……ぶるぶるぶるって、わがでうごきよるとよ。ぶるぶるぶるって、手ぇやらば、つかわんでも、馬の耳の、わがだけでうごきよったとよ」

だがキクは、そのときすでに玄関で聞こえた訪ないを告げる声を聞いて土間の方に歩きだしていたため、彼女の発見に気がつかなかった。

「あがんにうごかしたら、取れっしまうよ」と、多津子は母がもう聞いていないのも構わず、さきほどとうって変わる、囁くような声で言葉を結び、〈クマヒロのオイシャン〉とことばを交わす母の腰に飛びつくべく、土間を駆けだした。

まだ戦争が終わってない頃で、〈シャンシャン端〉に向かう道の傍には、島に配属されていた陸軍の守備隊の寝起きする兵舎が建っていた。守備隊の隊長は細身の、浅黒く、いつも険しい表情を浮かべたかおに整えられた髭を生やした四十年輩だったが、この男には島の中でのときおりの気晴らしがあり、部下たちに弾薬を置く壕を山腹に掘る仕事を言い渡すと、馬に乗って吉川の家の前までやって来るのだった。その後は徒歩で家のすぐ傍の坂道を登っていく。坂は山の中腹の丘に建つ寺まで通じていた。浄土の教えに篤く帰依していた隊長は、そこで彼の来訪を待つ住職と語らうのを、たびたびの愉しみとしていたのである。

そして熊代という兵隊は、この上官による寺詣でによって得がたい恩恵を被る、福岡の八女から来たという明るい気質の若者だった。彼は吉川の家の前に繋いでいる馬の見張りとして連れ出されており、この言いつけを守るため日中の作業を免れているばかりか、上官が戻ってくるまでのあいだ（ときにそれは四時間ほどもあった）、キクに断わって家へと上げてもらい、くつろいでいることができた。それで彼は、昼でも暗い座敷に寝転がって手枕して眠りもすれば、キクと冗談口をたたきながら蒸した芋菓子を食べることもできるという幸運にありつけているのであった。

幼い多津子は、この気やすく、また優しい感じのする〈クマヒロのオイシャン〉のことが好きだった。一度彼女は熊代に向かって、彼の上官である隊長のかおが、跨っている馬ととても似ているという自身の発見について、その詳しい個所をつたなく、舌をもつれさせながらも熱心に説明したことがあった。熊代は、腹の底から響くような声――キクは「表ば歩きよるひとの、羨んで覗き込むごたる笑い声」とその声を評して、戦争が終わってからも折にふれて彼のことを思いかえすたびになつかしがった――で笑いながら、彼女の言うことを聞いていた。そのときいらい、多津子は彼に懐くようになって、蹄の音が響いてくるたび大喜びで母を呼ぶのであった。

「ちったばかし、居させてもろうてもよかでしょうか？」と熊代は言って居間に上がった。その挨拶は、家に来るたびの口癖になっていたため、「はいはい、どうぞ」と返事も早々に、キクはさっそくお茶と菓子の用意をはじめた。

彼が一杯目のお茶を飲みながら、〈ドウトク〉という名の薩摩芋を搗いてつくる餅（本来港では正月につくる菓子だったが、キクは客に供するため特別に用意していた）を食べている最中には、あまり相手にしてくれないことを知っていた多津子は、柱に繋がれた馬を見るため外に出た。薄い色の栗毛の馬は坂の前に打たれた柱に繋がれていて、自身を繋ぎ留める綱にも、首のまわりを飛ぶ虻にも、からころと下駄の音をさせて近寄ってきた多津子にも、ひとしなみに無関心なようすで坂の方に瞳を向けていた。

尻の方に立っていると危ないと熊代から聞かされていたため、多津子は馬の前に立ち、さらには坂を少し登って、馬の全身を見下ろしていた。それから気を惹こうと、下駄を踏み鳴らしてみたり、坂に生えた草を取って、食べてはくれないだろうかと思いながら馬の前に置いたりしていたが、すぐにそれもやめて、またもう一度近づいていき、盛りあがった肩から、なだらかに脚につながる肢体の表面に生えそろう毛が、日の光をうけて、呼吸のたび白波のようにきらめくのを観察しはじめた。だが、たびたびの訪問のうちに、熊代とはちがって自分の相手をしてくれないことを学んでいた彼女は、すぐにあきらめて家に戻りながら、ふたたび振りかえり、耳を見つめた。そして「うごかんごとなっとる。わが、なんで耳のぶるぶるって、いっちょん、させんとね？」と、おとなびた声の響きを出そうと努めながら、叱るような口調で言うと、菓子を平らげたであろう熊代と話しに、土間に帰っていく。

はたして皿の上のものをみな食べ終えていた熊代は、二杯目のお茶を啜《すす》っていた。人差し指と親指を舐めて、これから寝入ろうかと思っているようであったが、白っぽく柔らかい日の差す土間の敷石を踏んで、自分の方をまともに見上げながら歩いてくる多津子を見ると、にっこりと笑みを浮かべた。

「どりゃ。おいちゃんとこに来てみろ」

そう言って、やってきた多津子を、あぐらをかいた足のあいだに座らせると、近くにある小さなかおの中の、自分の顎の辺りをじっと見ている円いふたつの目を、彼もじっと見かえす。

「お、ハナタレの来たぞ。おいちゃんとこにやって来たぞ」と、多津子のことをそう呼んでいた彼はにっこりと笑って言った。「口の上ば、どげんしたと？」

新しく沸かしたお茶を持ってきたキクは畳に座りながら「タツ、どげんしたかって、オイシャンの訊きよるぞ？」と言った。

多津子は、かおを俯けて、恥ずかしそうに笑みを浮かべると「きのうの朝に落ちた」とだけ言った。

「どこに落ちたと？」と熊代は言った。

「そこから落ちた」と上がり口の方を指さしながら多津子は言った。

「土間に落ちたと？　ほお、そりゃ痛かったろう。口ん上の赤うなっとる」

彼女は口元に手をやったが、熊代は「触らんがよかぞ？」と言った。

「タツの、ちった目ぇの悪かとじゃなかろか、って思いよるとばってんな……あっちゃこっちゃ、すぐにつっこぼってばっかりやもんで……」と、キクは子猿のような格好で熊代の足のあいだに丸まっている多津子を眺めながら話しだした。「洗濯ばしよっても、田んぼさな行きよっても、目ぇば離しよるあいだに多津子の居らんごとなっとって、あら、タツよ、どけ居っとかぁ、ちうて呼んだら、溝で声のして泣きよる……ぼとんって音の聞こえたら、もうどこかに落ちっしもうとる。な、そうやろ、タツよ？　え？　なんば恥ずかしがりよっと？」

キクはそう言うと、熊代の足のあいだから抜けだして、自分の方にやってきた多津子を抱きとった。

「はあ、それはいっぺん医者に診てもろうた方が良かろうなぁ。目ぇの見えんとは困りもんばい。うちの婆さんも七十一ばってん、だいぶん目ば悪うしとってですね。もう、机の上のもんから、玄関の下駄でも何でも、いつまでも探しきれんで、もたもたとしよるばってん、それでも年寄りですもん、仕方んなかって、あきらめのつくばってん、子供んうちから目の悪うしてしまったら、これは、つまらんですよ」

「そうでっしょが……見えづらいだけやったらよかとやろばってん、もし、まだ若っかうちに見えんごとなっていったらねえ。この子ば貰《もろ》てくれるひとも探さないかんごとなるし、それも、世話ばあれこれ見てくれるひとば探さんばならんとやったら、いっそ、学校に上げてやって、ひとりで暮らしていけるごとしてやったがよかとじゃなかろうか、やら思いよるとばってんなあ」と、キクが熊代のことばを受けて話すのだったが、それは相手の話題を継ぐというよりも、日頃考えていることを、ふとこの機会にと思って言ったというような口調だった。

「はあ、学校もあればってん、まずは病院の先生のところでしょうな」

多津子は、キクの膝の上で会話を聞いていたが、彼らの言っていることは理解していなかった。母は自分の目が悪いかもしれないと言っている、だが、そんなことがあるだろうか？　母のかおも、話しながら畳の目に沿って指を這わせ、落ちている砂粒を集めているのも見えていれば、〈クマヒロのオイシャン〉が眠そうに目をしばたいて、あぐらをかく足の上に置いた手の指を何度も組み替えているのも見えているというのに。

多津子には、たしかに彼らが自分について話しているにもかかわらず、それが目の前に居る、ほかならぬ自分には関係ないということが不思議に思われてならなかった。キクも熊代も、多津子の将来に属する事柄を話していたのだった。彼女はまだ将来というものを――自分が、ずっと先の時間に居て、姉の敬子や兄の智郎と同じ年齢になるということを思い浮かべることができないのであった。

「ごしょごしょと何ばしよると？」

胸元にあった多津子の頭がうごいたため、髪で首をくすぐられたキクは言った。

馬が息を吐き、脚を踏み替える音をさせたのだった。多津子は母の胸に頰を押しあてた格好で、円いふたつの目を凝らして、開け放たれた戸口から覗く馬が、また耳をうごかしはしないか、と見つめているのだったが、見られている方はというと、やはり全てのものに無関心なまま、彼女のまなざしにも一向に応えようとはしなかった。

こんなむかしのことをどうして思いだしたのだろうか。家に帰り着くなり、ベッドに倒れこむようにして横になった桐島多津子はそう考えていた。

朝早くから病院に行き、夫の勲の入院にあたっての説明をほとんど理解できないまま聞いて、ようやく家に戻ってみれば、すでに午後の一時過ぎだった。ぐったりと多津子は疲れてしまい、勲の着替えを用意しようとベッドのある部屋に入ったものの、そこにいちど身体を横たえるともう起き上がることができずにいた。

だが、眠りはしなかった。彼女は住みなれた福岡市内のアパートの一室でじっとしながら、どうしてずいぶん昔の島での思い出を、〈クマヒロのオイシャン〉のことを、それまでは忘れていたはずだったのにもかかわらず、不意に思いだしたのか——これればかりを考えているのだった。

隣で眠っていた勲が、朝方に何やらか細い声で唸っているのを聞いて目をさました多津子は、はじめ腹が減ったと訴えているのかと思い、「おっちゃん、パンはもうなかよ。まだお店も開いとらんけん、もう少し辛抱しない」と言って、再び寝入ろうとした。だが、ほとんど聞き取ることのできない勲の声（それは数年前に喉頭癌の手術をして以来のものだった）に何か、ただならぬものが感じられて彼女は起き上がった。細い勲の身体に手を伸ばすと、荒い呼吸で波打つ胸に触れた。

「どもならん……きつい……苦しい」

これらのことばが、あらためて耳を傾けると勲の喉から、絞り出されるようにして繰りかえされた。

「それけん言うたやない、退院はせんがよかよって……苦しいときでも病院の方が、なんぼか楽って、あんなにうちが言うたとに！」と多津子はそう言って、電話台の置かれた部屋に出ていった。

先月に入院したばかりだった勲は、病院に居ることが嫌でならず、医師の、そして多津子の反対も聞かずに退院して家に帰ってきていた。退院したとはいえ体力は日ましに衰えていくばかりで、このところ多津子のつくるお粥も喉を通らないため、半分に割ったあんパンをコップ二杯の牛乳で流しこんで一日の食事としていた。

電話機の、番号が並ぶ凹凸に這わせるようにして指を置くと、多津子は慣れたようすで何も見ずにボタンを押していき、すぐ近所に暮らす姪——敬子の娘である隅広《すみひろ》加代子の携帯電話にかけた。そして、耳にあてがう受話器の向こうで相手を呼びだす音を聞きながら、いま何時なのかと思った。

「はい。隅広です」

加代子はそう言って電話に出たが、彼女の話す後ろが騒がしく、多津子は自分の声が姪に通じているのかどうか分からないで、何度も呼びかけつづけた。「ああ、タッコ婆や、どうしたと？　いま、市場で仕事ばしよるよ」そして加代子がそう言ったのをやっと聞き取ると、勲の体調が良くないことを伝え、仕事が終わったらすぐ家に来てくれないかと多津子は話した。

「おじちゃん、具合が悪いとね、そりゃまずいね……まだ、うちはそっちに行けんよ。美穂に電話してんない？」と加代子は言った。

「うん、美穂にも電話ばしてみるとやけどさ、ほら、朝早くにあれやろが……」と多津子が言いかけたが、日頃よりこの叔母のことは何でも承知しており、言わんとすることも分かっている加代子は遮って「うん、うん。救急車ば朝早くに呼びとうないってやろ？　分かった、うちも急いでそっち行くけど、美穂にまず電話してんない」と早口に言った。

その後すぐに、美穂の携帯電話にも多津子は電話をしたが、こちらも加代子とおなじく仕事に出なければならず家に行くことができないと話した。

「救急車ば呼んだら？　きついって、イサちゃんの言いよるとやろ？　家から下まで降りられんとやろ？　それなら、救急車で病院まで運ばな仕方ないよ」と、美穂は、姉そっくりの早口で言うのだった。

「そうね、やっぱり救急車じゃないと、どうにも、しょんなか（仕様のない）たいね……」

それで結局、美穂の勧めにしたがって彼女は救急車を呼んで病院まで付き添って行った。栄養失調と診断を受けた勲の入院の手続きをしていると、加代子から電話があったので多津子は病院まで迎えに来てもらい、ようやく姪の運転する車で家に帰り着いたのだった。

家に帰ったときが、ちょうど近くの小学校の昼休みの時間だったようで、開けた窓から子供たちの声が盛んに聞こえていたが、ベッドに倒れこむようにして寝ころんでいるあいだに、いつしか音はなくなっていた。

ただ風で揺れるカーテンが静かに畳を擦る、眠気を誘うような音だけが聞こえていたが、しかし多津子はそれには気を留めずに、心持ち足をひろげて、片方の腕を腹に、もう片方の腕は頭の横に投げだすようにして、それで指に触れる枕の裾を爪の先で撫でながら、ずっと、なぜ〈クマヒロのオイシャン〉のことを思いだしたのかを思いだそうとしているのであった。

だが、その疑問の答えを記憶の中から探りだすよりもさきに、古い記憶に引きだされるようにして、まるでちがう思い出が彼女の胸に去来した。多津子も強いて想念が別の方に向かうのを止めず、身を横たえたまま、考えのうちに落ちこんでいくのだった。

熊代が家にしばしば訪ねてきていた頃は、不思議と自分とキクしか家に居ないときばかりだったようだ、と多津子は記憶をたどりながら考えていた。《ばってん、おかしかね。敬子姉も家には居るし、二階にはオババの一日中居ったたし、オジジも居った。兄ちゃんな、学校さな行きよって島から出とったかもしれんばってん……それでも、だいぶん家に人間の居ったはずやったけど》と思った多津子は、《そういや、父ちゃんの、いつ入院しとったとやろか？》と、また別のことを思いだして「ううん、病院ば見舞ったとは、昭和の十七年やったろかい……」と、唸り声とともに一人言をつぶやいた。

「ああ。そうたい」

そして、きわめて単純に、自分がどうして熊代のことを思いだしたのかを悟った多津子は、またつぶやくように声にだした。つまり朝に行った病院の臭いや、患者が寝ているベッドや、また廊下を往き来する医者の姿から受けた印象が自分の中で父の記憶を呼びさまし、さらにそれが遠い繋がりをたどり、父が入院していて不在だった頃に家へと来ていた〈クマヒロのオイシャン〉を思いださせたのだ、と彼女は気がついたのだった。「そうやった、そうやった」と彼女は、気づいたことが揺るがない事実であるかのようにして、自分自身に向けて言う。

父の十三郎は二度病院に入っていたが、最初に入院した頃のことをまだ幼かった多津子はおぼえていなかった。二度目のときに脊髄の病気だと診断されて、のちに退院してからは家で横になっていることが多く、多津子も母のキクと一緒に寝床の敷いた二階に上がっていき、風呂に入れない父の身体を母とともに拭いてやったことなどをおぼえていた。いまも彼女は、その頃の父の面影を思い浮かべながらも、床に臥せっていた頃の姿というのはあまり記憶になく、戦争が激しくなった頃に、すっかり痩せてしまった十三郎が、何とか起き上がれるようになって村の寄合などに出ていく姿の方を、より多く思いだしていた。

外に出掛ける国民服姿の十三郎の格好を、いつも多津子は「兵隊さん服」と呼んでいた。眉間に、苦痛をかおに出さないよう耐えている皺を寄せて、やっと歩いている十三郎が野良仕事に出ることなどは到底無理であったから、吉川の家が山沿いの、寺の傍に持っていた田んぼや畑は、祖父の文五郎、それにキクと子供たちで耕しもすれば、田植えに稲刈りに稲こきもしなければならなかった。

　だが幼い多津子は仕事といってもほとんど任せられることもなく、いつも夕方になるまえに、風呂の用意のため家に戻るキクと一緒に帰るためだけに田畑についてきていた。そして、ちょうど十三郎が寄合から戻る時刻とおなじ頃に帰るときなどは、キクから「タッ、父ちゃんの迎えさな行ってやりない。父ちゃんの居るところな、分かるきゃ？　富松んがた（家）にき、道ば下って行ってんろ？」と言われることがあり、彼女は道ならば知っているとと頷き、走りだす。

「そがん駈けて行きなんなよ。タッ、つっこぼるばい！」

　母の、後ろからそう言う声を聞いて、はじめはゆっくりと歩いていく。が、道を曲がり、細い下り坂にさしかかってキクから自分の姿が見えない場所に出ると、再び彼女は飛び跳ねるようにして走っていく。

　西日が両側に建ち並ぶ家々に長い影を落としている道を駈ける彼女は、その細い路地の一軒の大きな構えの家から、ぞろぞろと大人たちが出てくるのを見て立ち止まった。誰も彼も十三郎とおなじ服装をして、またみな一様にいかめしく口元を結び、伏し目がちな表情で扉から出てくるため、出てくる者たちの中に多津子もよく知っている親戚の男も三人ほど居たにもかかわらず、近寄りがたい空気がその一帯にはあった。そのため多津子は父の方から自分を見つけてはくれないかと願いながら、道の端に寄って、自分の横を通り過ぎていく男たちのかおを盗み見ていた。

「タツの来たか。父ちゃんば迎えに来てくれたか」

他の男たちがもう帰りかけて、大きな家の前には誰も居なくなってから、十三郎は出てきた。彼は自分の手に飛びついてきた多津子に向かってそう言いながら、一緒に歩きだした。

十三郎と歩く帰り道では、いつも多津子の問いかけをきっかけにして話がはじまるのだったが、この父によって話される不思議な出来事を聞く時間というのが、彼女はことにお気に入りであった。

「何であの家から出てきたと？」と多津子は訊いた。

「あそこで、兵隊さんにならんで済んどった者もこれからは働かんばならんけん、炭鉱に行ってな、そこで働いてもらうちうて、そがんな話のあったとたい」と十三郎は答える。

「炭鉱に行ったら兵隊さんになると？」

「うんにゃ、ならんと。山に穴のほげとって……タツのやっと入らるるごた穴じゃなかぞ？　まっと、大きか穴につっかえ棒ばして、そこんにき入っていかれるごとしとるとぞ。ずぅっと奥まで、海ん底まで入っていかれるごと深か穴ば掘って、その中でも、まだまだどんどん掘りよって、石炭ば採ってくる仕事のあるけんな、そこに島の男ば行かせるってな、そがんな話の決まったと」

「海ん底！」と多津子は、いかにも小さい子供らしく調子外れな甲高い声を出した。「海やったら、海に穴があるとやったら……それじゃ、ずっと息の止められる男んひとばっかり居ると？」

「そうぞ？　炭鉱に行ったら息のされんけん、みんな腹に空気ば溜めて歩きよる。河豚《ふく》のごと腹のまんまるになるとぞ」

十三郎はそう言ったが、細められた目や、口元の笑みによって、多津子にはすぐに嘘だと分かった。

「父ちゃんの嘘ばついた！」

「うんにゃ、なんの嘘なもんか。すらごと（虚言）ば父ちゃんな言わんよ？」

「嘘！　父ちゃんな、すらごとばっかり言う！」

多津子はまた甲高い声でそう言った。自分にも面白く思われる調子外れの声によって、聞いている父の表情のうえにますます笑みがあらわれてくるのを、うれしい気持ちで眺めながら。

最後には結局、十三郎の「タツ、分かった。もう父ちゃん嘘ばつかん」ということばで多津子が納得して、ふたりは家の、風呂を沸かす木のにおいが漂う土間に入る。別のときには、十三郎がまだ幼いときに、港にフカが入ってきて子供を嚙み殺したことがあったという話も多津子は聞いた。子供は十三郎の遊び仲間のひとりだったこと、半狂乱になった母親を葬列で見たこと、仇討ちにバカブカ（台風の後などに湾に迷いこみ出ていかないフカはこう呼ばれた）を港の漁師たちが探したが、すでに沖に戻ってしまっており、見つからずじまいだったという話を多津子は聞いた。

　また、港の一角に建つだれも住んでいない建物について多津子が訊ねたときには、多津子が生まれる少しまえまで、そこは伝染病の病棟だったこと、もういまは閉まっており入院する者はないが、以前子供は近づいてはならないと親たちから厳命されていて、どうしてもその前を通らねばならないときには、息を止めて駈け抜けていたことなどを、十三郎は教えた。

　また別のときには、その話を思いだした多津子が病院で死んだ者はどうするのかと訊いたことがあった。「あっちの納屋のある磯ば、ずぅっと行って、その向こうのシャンシャン端んにき、火葬場のあるやろが？　そこに、船で死んだ者の運んで燃やすと」――そして十三郎は、病棟で死んだ者は土葬が禁じられているため、彼らが死ぬとすぐ前の波止場から小船に乗せて、火葬場まで湾を突っ切り、風の吹きすさぶなか、口を布で覆った村の男たちが死体を灰になるまで燃やすのだと言い、風向きによって家にも死んだ者を燃やす煙が流れてきていたことなどを話すのだった。

　また、まだ多津子が生まれるまえ、自分が本家から養子として文五郎とナツの夫婦のもとにきて、そしてキクが嫁いできてからのことも、十三郎は話した。自分が養子として

〈オジジ〉のところにやられた頃には、まだいまの家に住んでおらず、「あっちにき行ったら住吉の家のあるやろ？　そこの隣に暮らしよったと。住吉のオンッァマの、ちったまえまで生きとったばってん、そんひとがオババの父ちゃんやったとぞ？　それけん、言うてみたら吉川と住吉な親戚たいな。そん隣にき、はじめにオジジたちゃ住んどったとたい」と、十三郎は道の先を指さして、どの辺りに家があったのか多津子に教えた。

港に暮らす者の中でも長男でない者たちは、家族が増えると手狭になった家から港の中でより広く、手頃な家を見つけて引っ越しをした。おなじ村の中に、一度は暮らした家というものが二軒や三軒はあるという者も多く、また彼らの子供たちも、自分の親たちがそうして来たように、家を替え、また空いた家を貸したり借りたりするのを普通としていたのだった。そのため、港の家は代々住みつく者のあるのをのぞけば、その多くが別々の家族によって、代を経ながら住み継がれてきたものであり、吉川の家も、そうした家を転々としていたのであった。

「いちばん上の子供だけ家ば継がるるとたい、それよりあとに生まれた者な、みんなわがで暮らすところば探さんばならんけん、おり（俺）のごと親戚がたに、養子にやらるる者も居るとたい。こがんな話ば、タツはまだ分からんじゃろばってん……」

話しながら、十三郎はそう言った。だが、幼い多津子は何もかも分かっていた。父の表情は、彼が言いたいこと（そしてそれは決してことばでは言い表せなかった）を、すべて娘に伝えていたのだった。

「ケン兄も家ば継ぐと？」と、多津子は父の話す会話から年長の親戚を思いだして、訊いた。

「そうたい。健吾の、あれも病気ばせんで、一人前になったら、あっちの、吉川の本家ば継ぐことになるとたい」

十三郎は、やがて吉川の家はすぐ隣に引っ越して、そこで酒屋を営んでいたが、多津子が物心つくまえに、統制で酒が売れなくなったため酒屋はやめてしまい、いまの家に引っ越したことなどを話した。また智郎と敬子が生まれたのは最初の家だったこと、多津子だけは酒屋をやっていた家で生まれたことも、しきりに「おぼえとる？」と彼女に訊きながら、父は言うのだった。

「おう？　タツよ。おぼえとるときゃ？　わがの胴よりも大きか、爆弾のごたる太か焼酎の甕《かめ》の、唐津から来よって、ごろごろ転がして吉川の家に入れよったとぞ……土間の広かったけんな、そこぃにき、樽は酒であっち、醬油はこっち、やら、そがん具合にして積んでいってさぃ……」

「フーヤンはどこで生まれたと？」

酒屋だった吉川の家がどんな造りだったのかを話す十三郎に、多津子は唐突にそう訊いた。〈フーヤン〉とは、事情（その頃の多津子には到底分からなかったであろう）があって親戚から吉川の家に預けられている文也という子供のことであった。

「さあ、忘れた」と、十三郎はそっけなく答えた。

それらの父としたさまざまな会話を、ベッドに横になりながら、多津子はみな思いだせた。そうして、思いだしながら、いつしかその記憶のうちから、自分自身への感慨に向かいはじめていた。《ほんとうに、あっちゃこっちゃといろんなところに住んで、うろうろしたもんばい!》と、こう彼女は胸のうちで言った。それは、吉川の家が引っ越しを繰りかえし、また自分もそうだったことから、ふとしみじみと胸のうちから湧きでたことばだった。

そのとき、玄関の扉の開く音がして、ビニール袋を擦るような音と、忙しなく溜め息をつく声を耳にして、多津子は起き上がった。

「タッコ婆、あがるよ」と、家に入ってきた加代子は言って、しばらくすると台所の電気が点く気配がした。そしてもう一度、「タッコ婆。おじちゃんの部屋に居ると?」と加代子は言うと、台所の机に何か袋に入った荷物を重たそうに持ち上げて置いた。多津子は返事をして台所に出ていった。

「だいぶんお疲れのごたるね?」と、出てきた多津子に、椅子に腰掛けながら加代子は言った。

「お疲れよ……わが、仕事のときのままの格好で居ると?」と、多津子は姪の服から発されている魚と発泡スチロールの臭いに気がついて言った。

「そうたい。病院に迎えに行って、そんあともばたばたして帰ったけん、着替える暇のなかったとよ」と加代子は言った。

「そら、お疲れたい。うちも眠りはせんやったばってん、ベッドから起き上がれんやったよ。いまのいまにやっと、だれか家に入ってきたかって思って、頭ば枕から上げたよ」

「だれかって、うちに決まっとるじゃん。ほかにだれの来ると思いよったと？」

「そうねえ。ほかに居らんもんね。イサは入院したし」

「そうよ……ご飯は食べとらんやろ？　さっき家の食料買うついでに、タッコ婆のも買うてきたよ。うちもさっきまでお昼食べとらんやったけん、お弁当ば買うてきた……このお茶は今朝入れたばっかり？」

　こう言って、加代子は机に置いたビニール袋の中から出した食べ物を並べだした。「また病院に戻るやろ？　あとで美穂が車で来るって言いよったけん……着替えやらの用意はできとる？」

「うんにゃ。ほんのちょっとベッドで休むつもりが、なんもせんうちに時間の過ぎとったよ」と多津子は言った。

「あのベッドも、どうなるとやろうね？」

　加代子は自分の分の弁当に箸をつけながら、ふと思いだしたように言った。

「そうよ。捨てもされんやったしね……」と、多津子もそれをうけて言った。

多津子が横になっていたベッドは、大阪で暮らしていた彼女と勲が福岡に引っ越してきたときに買った、移り住んだばかりの、まだ家具も揃っていない狭いアパートの一室のほとんどを占めるような大きさのものだった。十年以上もまえにそこを引き払って、いま住んでいる公営団地に引っ越してから、そのベッドには勲がひとりで寝ていた。このところは調子の思わしくなかった彼のために、多津子はふたたび一緒にベッドで眠っていたのだったが、あるとき横を支えている板がはずれてしまい、片方に傾いてしまった。勲はたとえ傾いていても寝ることはできると言っていたが、ちょうど団地のすべての部屋の改装工事が近くあり、部屋の畳を張り替えることになっていたので、作業中に邪魔になるベッドをこの際に上のマットレスのみを残してほかの部分は捨ててしまおうと多津子は考えていた。それで、加代子はベッドの始末について、かねて多津子から相談を受けていたのだった。

「おじちゃんの退院できるとやったら、そんときにベッドは捨てなたい」と加代子は言った。

「さあ、どうやろ、今度は……」

多津子は思案するように眉をひそめてそう言った。

「危ない？」と加代子はことばを継いで訊いた。

「危ないやろうねえ……もう何も食べきらんでおるもん」

「うちも、そうやろうねって、思いよってさ、それで、おじちゃんの保険のことを、保険会社にいっぺんよく訊いといたがいいかもねって思いながらここに来たとよ」

加代子はそう言って、食べ終えた弁当箱を片づけ、お茶も飲んでしまうと、足下に置いたままにしていたビニール袋から、彼女の働く魚市場で貰ってきたばかりの鯵を多津子に渡し、「それじゃ、もう帰るけど、何かすることはないね?」と立ち上がった。

「そうそう。イサの着替えで、まえに美穂の買ってくれたジャージのあったはずとばってん、あれが、どこの引き出しになわした(収めた)やら分からんとよ。探してくれんね?」

「何色のジャージ?」

「それも分からんとよ。紺色やら、黒やら、そがん色やったらしいよ。美穂の言うには」と、姪の問いに多津子は答えながら、あまりにも自分の話すことが曖昧だと思わず笑いだした。

その要領を得ない説明を聞いても、姪の方はさして不可解とも思わずに「とにかく、新品のジャージなんやろ? 上下セットやった? それとも下だけ?」と、押入れや衣装箪笥の中に頭を突っ込みながら訊いた。多津子は一緒には探さず、加代子の座っていた椅子に腰掛けて、訊かれることに対し、やはり曖昧に答えるのだった。

結局ジャージは見つけだせなかったため、夕方にやって来る美穂に探してもらうよう加代子は言い、家から出ていった。

姪が帰ると、自分でも探してみようと多津子は椅子から立ち上がったが、どうしてだか、またベッドのある部屋に戻り、さっきまで自分の取っていたのと寸分違わぬ姿勢で横たわった。《あっちゃこっちゃ、うろうろしとったもんばい、うちとイサとで！》そうして彼女は、中断されていたそこ、自分自身の辿ってきた過去のそこへと戻っていくのだった。

そうだ。どうして自分があちこちとひとつどころに留まる暇がなかったのか、これこそ〈クマヒロのオイシャン〉のことを思いだした理由だったのだ。こう思い至った考えのそばから、彼女は、ひとつの情景をまざまざと思い浮かべ、その中に居る自分を感じ、声を聞いていた。

そこは、祖父の文五郎と差し向かいになって座る家の暗い座敷の風景だった。文五郎は彼女にとって見慣れた表情――禿頭の下に豊かに生える眉をそば立たせ、一重の円い目を見開き、怒ったように固く口を結んだ表情で、自分の前で正座をする孫娘を見ている。

「みたもなか（みっともない）人間にならんごてせにゃ……だれも助けてくるる者の居らんとやけんな」そして、多津子を自分の前に座らせてから幾度も口にしたことを老いた者の癖として繰りかえしながら、自身の方がそのことばに刺激されたらしく、いつしか声が震えだした文五郎は、別のこと（これも何度も繰りかえされていた）を話しだすのだった。

戦争のさなかに商船の船乗りになるため専門の学校に通いたいと、吉川家にとっては後継ぎである智郎が言ったとき、船乗りになどなった日には、まだ若いおかげで兵隊にとられず済んでいるというのに徴用船に乗せられてしまうかもしれない、南方にでもやられたら生きては帰って来られないだろう。もしそうなったら家はだれが継ぐというのか？　文五郎はこうした言い分で、日頃もっとも可愛がっていた孫の願いを一顧だにせず斥けた。敬子の場合も同様に、十三郎が臥せっていて働き手が足らぬ我が家の現状と、年老いていく自身がいつまで生きていられるのかという不安から、学校にはやらなかった。この、六十をとうに越えても一時も休まずに働きつづけて疲れを知らないばかりか、家の者が休んでいるのも許さずに寝転がっている姿を見ようものならば、「この、ぬーなし（能無し）が！」と叱りだす〈オジジ〉にとっては、家にひとがあふれ、いつも働き、そして一刻も声のやまない状態を維持することこそ生きて働いている理由なのだった。そしてそれ以外の、学校に行きたいとか外で暮らしてみたいといった望みは必要でないばかりか、余計な心配ごとを招き入れるものにすぎないと固く信じていた。だが、この文五郎の確信された生活条件をたびたびの頼みによって揺るがしたのが息子の嫁であるキクであり、そしてその頼みとは、ほかならぬ多津子の将来に関することだった。

　熊代に対して「ちった目ぇの悪かとじゃなかろか」とキクが語った頃には、彼女以外に家の者で多津子の目のことを気にかける者は居なかった。兄や姉は、ただ、飛んだり跳ねたりして家の中を駆けまわるのが好きな子供として妹のことを見ており、よく物にぶつかったり足を踏み外して土間や芋竈に落ちたりするのも、別段不自然にも思わずにいた。芋竈というのは上がり口の畳の下に、冬のあいだ芋を貯えておくための穴のことで、ときおり、こもった空気を入れ換えて芋が腐るのを防ぐ必要があったが、そのときには畳を上げて穴に板を渡していた。そこにも多津子は落ちており、それも一度や二度のことではなかった。それで、彼女は冬の季節のあいだは祖父母が寝起きする二階で寝るようにしていた。なぜならば一階で母たちと寝ると、夜中に用を足しに起きた際には、上がり口を通らねば便所に行くことができないためで、二階の部屋からならば、階段を降りてすぐ便所までたどりつくのだった。だから多津子は夜中に目ざめると〈オジジ〉を、あるいは彼が深い眠りにあって起き出さないときなどには、〈オババ〉のナツを起こして便所へと連れていってもらっていた。祖父母たちもまた、彼女の目については無関心だった。文五郎は小さな彼女のことを可愛がりながらも、怪我をすることが多いのは、少し間の抜けたところがある程度だと思っていた。ナツもだいたいにおいて文五郎とおなじ考えだったが、しかし彼女の場合どうやらそれは、平素からこの孫娘のことをあまり好いていないのに起因する無関心のようであった。

だが、多津子の母のキクだけは単に不注意でも、また子供にありがちな怪我でもないと見抜いていた。

「うんにゃ。タツな目ぇの、ちったどうかあるにちがいなか。あがんに走りまわりよっても、何でも気のつく子のはずよ、タツは。それに、穴でも前にあるとは別につっこぼらんで、横ん方にばっかり落ちていきよる。それけん、目ぇの見えとるとの狭かにちがいなかよ」

キクはこう言って、気のせいであるとか、成長すればいずれ怪我もしなくなると言う家族のだれに対しても、あくまでも自分の意見を変えようとはしなかった。多津子が小学校に上がる歳になると、キクは彼女を病院に連れていき医者に診てもらった。医者は、たしかに多津子は視野が狭く、また視力も悪くなっていくだろうと言った。そうして結果を聞かされた文五郎たちは、キクの正しかったことをやっと認めたのだった。

キクの主張もあり、学校を終える頃には医者の言ったとおり視力が落ちて眼鏡を必要とするようになっていた多津子に対しては、文五郎も思慮を重ねて、何か手に職のつく学校に行かせるのが良いと決めた。《それやったら、もしタツひとりで暮らさんばならんごてなったちゃ、どげんかさるるじゃろう。食うにゃ困らんで生きていかるるじゃろう》——こう文五郎は、決めた考えを胸のうちで言うのであった。

いま目の前にしている多津子を見ながら、そのとき胸のなかにあったことばが、ふと感傷に傾いていた文五郎の心を刺激したようで、彼は顎を震わせつつ話していた。先月まで平戸の親類の家に下宿をしながら学校に通っていて、栄養士の資格を取った多津子は、このほど佐世保の病院に働き口が見つかったという報告をしに家へと戻ってきていた。文五郎に手を引かれるようにして他に家の者の居ない座敷の畳に座らされた彼女は、そこで「金の貸し借りをしてはならない。買い食いをしてはならない。漫画を読んではならない」このような訓戒を受けたのだった。訓戒の説明は、そのつど文五郎の胸につまっていた重々しいため息と涙によって中断されたり、はじめから繰りかえされたりした。説明には、ひとり暮らさねばならない彼女を気遣いもすれば、また戒めもする「みたもなか人間にならんごてせにゃ……だれも助けてくるる者の居らんとやけんな」ということばが、かならず差し挟まれるのだった。

多津子は、祖父の涙を眼鏡の向こうに眺めながら、言いようのない居心地の悪さを感じたこと、また、〈ミタモナカニンゲン〉と繰りかえすそのことばを、いまも耳の奥に聞くように思いながら横たわっている。

働きだして二年目に文五郎は死に、それから半年も経たぬうちにナツも死んだ。不意に、彼女の記憶は次の勤め先である大阪に飛び移ったのだったが、その連想は、祖父母の死に目に会えなかったことから、おなじように、やはり大阪で病院に勤めていたときにも、母の最期に間に合わなかったのを思いだしたために浮かんだものだった。

《あっちゃこっちゃしとったよ。ほんとうに》そうして、自身の感慨から湧きでてきたことばを、また繰りかえし彼女は言う。多津子は大阪で勲と知り合ったのだったが、その頃のことも何も忘れてはおらず、こうして横になっていると、むしろかつての情景の方が、彼女には鮮明に見えもすれば、思い浮かびもした。

同僚から紹介されて、多津子は勲と知り合った。休日になると、地元の生まれだという勲が連れまわし役をかって出て彼らは三人で公園や動物園に行って遊んでいたが、多津子は最初、同僚の女がこのタクシーの運転手をしているという男のことを気に入っていて、会話を楽に運ぶために自分を遊びの中に誘っているのだと思っていた。またじっさい、彼女は多津子に向かってそう言っていたので、しぜんと、勲の方もこの同僚の女を好きで会っているものと思っていたのだった。しかし、いつのまにか、そしてそうと気がついた頃には、多津子は勲とふたりだけで会うようになり、互いの家を往き来するようになっていた。結果として見かえられたことになった同僚は、その後ながいあいだ——冗談半分ではあるものの——彼女の横取りをなじった。知り合って半年が経った頃には、勲は多津子の部屋に身を寄せていた。だが、多津子は彼と一緒になるつもりはなかった。というよりも、じきに勲はどこかへ行ってしまうだろう、だからこれも、ながくはつづかない同居なのだろうと思っており、彼を知る知人たちにもそう話していた。また勲の方でも、彼女に向かっておなじように言っていた。一緒に暮らしだして、これまでよりも深く勲のことを観察できるようになるにつれて、多津子は、どうやら彼が自分に対してある固定した見方を持っているのに気がついた。彼は多津子のことを明るい、些細なことを気にせぬ大らかな田舎娘とでもいうような人物と見ており、またそうあることを期待しているようであった。彼は多津子に対しては、常に慎重で優しい態度をとっていたが（ただし酒を飲むと豹変した）、その優しさは彼女を不愉快に刺激した。そして、苛立たしい感情を抱いたのだったが、それは、その優しさが自分にではなく、彼の抱くそうであってほしい多津子に向けられていることからくる苛立ちであり、さらにそのようなことを考えさせる勲への苛立ちであり、またさらに考えているということ自体への、苛立ちでもあった。そのため、彼女は自分が勲の思っているような人間ではないことを分からせようと、ことさら気難しい、また、意地の悪い態度を取ったり、細かいことまで口に出すよう努めたりもした。だが、そうした態度を意識して取るほどに、勲の求めるようなおもかげこそが本当の、少なくとも自分の一面ではないかとも思うのだったが、それもまた、あらたな苛立ちの源になった。

それというのも、働きだしてひとりで暮らすようになるにつれて考えていたこと、それまでもひそかに思っていたこと——自分は性格が悪い人間だ、それこそ〈オジジ〉の言っていた「みたもなか人間」なのではないかという思いが、多津子には歳を取るにつれ、ますます本当らしく感じられてきていた。学校に通っている頃から、彼女はひそかに自分のことを、がめつく「根性わる」の人間、目の悪いひねくれ者なのだと思いこんでいた。勲と出会った頃になると、この自分自身への規定は、ながいあいだにすっかり馴染んでおり、さまで不愉快な自己嫌悪の情をもたらすものでもなくなっていたが（またときにこの規定は心地よいものでもあった）、その分自らの奥底に根をおろした観念ともなっていた。彼女は、しばしば鏡の前に座ったときなど、まじまじと自らのかおを眺めながら、険しい目つきや、文五郎に似た丸い鼻や、小さくすぼまった口といったあらゆる個所がひとつの意思を持って、常に不満だと自分に向けて言っているように思うことがあった。

この観念を、勲の優しい態度は刺激したのであった。そうして彼と暮らしながら、彼女はときおり、たとえばそれは自分ひとりが起きている蒲団の上だったり、飲みに出て帰らない勲を待つ畳の上だったりと、夜が多いのだったが、いまの自分ではない自分、別の自分はあり得なかったかと自問することがあった。

《そうたい。兄ちゃんの言いよったごと、うちも船乗りにでもなれとったら、どんなに良かったか！》また、あるときなど、彼女はこう考えることもあった。《兄ちゃんな、家から出て気ままに暮らすとの夢に見よったばってん、そうたい、うちももし男やったら、兄ちゃんとおんなじで、外国でもどこでも、何カ月も何年も海の上で暮らす商船の船乗りになりたかったよ……うちも男になって、名前も変わって、ずっと向こうの島の、その先の島に建つ家から出とる煙も見えるような、眼鏡のいらん目をもって、どこまで海の上ば行くとよ。いまのごとうじうじと自分のことば考えんごとなる、海の上にさえおれば……海の上にさえおれば、女か男かも名前も性根も、風で波がちぎれていくごとして、うちは、ばらばらになって、そいで、すっかり何もかもが楽になる。そうやったら、どんなに良か

ったやろうなぁ》

そしてまた、勲と暮らしだしてから二年のあいだに、もう二度引っ越しをしていたが、たとえば、そう、引っ越しをして暮らす場所を変えたとき、古い服を新しいものに替えるみたいにして、まるで他人の自分にはなれなかったのだろうか？　と、こう彼女は自らに問うのだった。

いまもベッドに横たわりながら、彼女はこれらの問いを再び自らに試みた。だが、いくら考えてみても、そうした仮定の自分を望む気持ちはどこにも見つからなかった。ありえたかもしれない他人の自分という可能性を、現実の時間の層は覆い隠してしまっていた。《最初が平戸、そして佐世保じゃろ？　そっから大阪んにき行って……》その時間の降り積もりのうちで、住んだ土地の名を彼女は胸のうちで数え上げていった。そしてその土地のなかには、これまで入院してきた病院の名もあり、さらにそのうちの幾つかは、自分だけでなく勲が入っていた病院もあった。

そのうち、彼女は最初に胸にできた腫瘍を取るための手術をした病院でのある日のことを思いだしていた。四人用の病室に居た彼女は、窓際のベッドで首元までシーツをかぶって横になっていた。もともと病院に勤めていたこともあり、また長期間の入院でもあったから、あの、どこの病室にもひとりは居る、慣れた従順さで気やすく医師や看護師と会話を交わす患者となっていた彼女は、だれかが何か話しながら部屋に入ってきたときも、お医者さんが回診でもしに来たのだろうと思って枕から頭を上げずにいた。

「どこ？　あの頭、タッコ姉？」「どれ？　うんにゃ、窓側のベッドって聞いたよ」と、だれかふたりの女が話している。

「おりょ！　ふたりで来たと？」と、多津子が頭を上げて、その話し声の主が姪たちのものだと気がつき声をかけたのと、彼女を見つけて「死んどらんね？」と加代子が言い、「おーい、生きとる？」と美穂が言ったのは、ほとんど同時だった。

そして、今度は多津子も一緒になり、互いの声を遮りあうようにして久しぶりに会うことの喜びをあらわしながら、部屋の隅に置かれた椅子をベッドに寄せて、まだ話しださないうちに、勲がやってきた。彼は、多津子の傍で起こる笑い声に、なにごとかと言うような驚いた目つきで部屋に入ってくると、ベッドに近づいて良いものかどうか戸惑っているようだった。

「うちの姪たちよ。こっちが美穂で、こっちが加代子」

勲の挙動を見た多津子は、背を向けていて彼のやってきたことに気づかずに居た、ふたりの姪を指さして言った。

「あら、こんにちは。どなたさんでしょう？」と、自分たち以外の来客に気がついた加代子は、あわてて振り向きながらこう言って、答えを求めるように多津子のかおを見た。

美穂はというと、「どなたさんだって！　姉ちゃん、他人行儀過ぎんね？」と、姉が言ったことばを面白がって笑いだし、それから改めて勲をちらりと見た。そして、彼女も加代子と同様、多津子に誰か訊ねようと思ったようだったが、「タッコ姉、どなたさん？」と言うと、この自分のことばによって再び若い娘らしい、捉えどころのない笑いのなかに戻っていってしまった。

「うちの恋人たい」

美穂が笑っている姿を、目を細めて見ていた多津子は、こう冗談めかした声で言ったのだったが、そのときに勲のかおを盗み見ることを忘れなかった。勲は、いかにも困ったというようにぎこちない笑みを浮かべていた。

「あらぁ！」と、美穂と加代子は声を合わせて言った。

勲と改めて紹介をし合うと、美穂と加代子はどうしてここに来たのかという話をはじめた。このとき美穂は福岡市内の短大に通う学生だったが、加代子の方は、こちらもやはり福岡の旅行代理店に勤めており、休みがおなじ時期に取れたため、ふたりして北海道の礼文島に行き、その帰りに多津子を見舞うことにしようと決めてやってきた。はじめ、どこの病院で叔母が臥せっているのかも美穂は分からなかったが、父の智郎に電話をかけて調べてもらい、ようやくたどり着いたのだ――こういうことを、美穂と加代子は互いに、相手の記憶違いや言い間違いを指摘しあい、盛んに笑いながら、他のベッドで寝る同室の患者に気をつかって視線を投げてよこす多津子にも構わずに、しゃべりつづけた。

「ああ、兄ちゃんに葉書ば出しとったけん、それで何とかなったってわけやね」と、多津子は美穂の方を向いて言う。

すると、美穂は何かを思いだしたというように口を大きく開け、音は立てずに両手をかおの前で打ち合わせた。「おとうさんがね、多津子は、変なもんば食べて入院したとやろうかって……むかしから多津子は姉の敬子とちがって山に植わっとるもんば何でもむしって食べよったけんなあ、って……何でも、むしって食べよったって……」そして、もうこれ以上は話せないと手を振って示し、そのまま多津子がくるまるシーツに笑いながら頭を突っ伏してしまった。

はじめは遠慮がちに小さな声で彼女たちの会話にあいづちをうっていた多津子も、しだいに、この懐かしい者たちの楽しい雰囲気に浸るうち、大きな声で笑いだした。手術から日が経ってはいたが、それでも切った個所は笑うたびに引きつって、鈍く痛んだ。だが、笑うたびに「ああ、痛か」と身を屈めるようにする多津子の姿も、美穂と加代子にとって、さらに彼女自身にとっても笑いのもととなるのだった。

話の途中で勲は座っていた椅子から立ち上がり、外に出ていると言った。

「良いですよ、出て行かんでも。うちら、すぐに帰りますけん」と加代子は言うのだったが、勲は手を振って「ええから、ええから」と言った。

「ひさしぶりに家族だけで、ゆっくり話した方がええやろうからね」というのが、彼の外に出る言い分だった。

勲が出て行くや、それまでもすでに遠慮なく笑いあっていた多津子たちは、久しぶりに自分たちの流儀で――つまり吉川家の者たちの話し方で、いっそう喧《やかま》しく話しだした。その話し方とは絶え間のない冗談と大仰な返事、引き伸ばしたように甲高く笑い声を上げて、急に溜め息をつく、これらを辺りに憚らない大声によっていつまでもつづけるというもので、元をたどれば多津子にとっての母であり、加代子と美穂にとっては祖母のキクが話す癖であり、それを彼女たちは受け継いでいた。さらに彼女たちの会話は、すべて港のことばによって話されたが、それというのも、ほかのことば遣いによって自分たちの喜びを表現できるとは、だれも思わなかったためだった。

「そう、聞いた？　たっちゃん……安田んがたのたっちゃんのさ」と三人のうちのだれかが港の人間の消息を話しだす。すると、それはすぐに「ああ！　そりゃ、ばーかのすることたい！」や「なんのなあ！　そがん言うわけなかろうもん！」や「え？　なんて言いよると！」という茶化すような合いの手が入り、すぐさま「ハー」という甲高い声を三人共に上げて、それが「ハッ！　ハッ！　ハッ！」という細切れの、しかし高い音を維持したままの笑い声になだれこんでいく、そして多津子は切った胸の辺りをおさえて呻きだす――こうした調子で、美穂と加代子は、ついに看護師から注意を受けるまでの一時間ほどのあいだ、ベッドの傍で話しこんだ。

加代子たちが帰ると、しばらくして勲が戻ってきた。「下で会うたけど、そっくりやね。ふたりとも」と彼は言い、両手を上着のポケットに入れたまま、それまで加代子が座っていた椅子に腰をおろした。

「そうやろ？　うちの姉に似とるとよ……親子で並んだら、もっとびっくりするよ。あんましよう似とるもんやけんね」

多津子は、彼女たちが部屋に運んできた雰囲気からまだ抜けきれないといった調子で、にこにことしながら話した。

「おれ、びっくりしたわ」と、勲は彼女のかおを見ながら言った。

「なにが？　ふたりの似とるとの、たまがったって？」

「おばはん(勲は多津子をこう呼んでいた)、えろう笑とったな……声も大っきかったし、おれはじめて知った」

勲はこう言ったのだったが、この、彼にとって驚きであったらしいことは、多津子には何も驚くべきことではなかった。

「おっちゃん、なんて言いよると？　うちは昔っから、こうやったやないの？」

それで、こう何も考えずに言うのだったが、彼の驚きを見る彼女の頭には、それまでときおり考えていた、ありえたかもしれない他人の自分のことなどは、少しも思い浮かばなかった。《そうやった、あの頃はまだ知り合って、一緒に暮らしだしてすぐやったけん、それで、うちの入院したもんやけんイサの頻繁に見舞いに来てくれよったったい……》このとき勲と交わした会話を一語のこらず思いだしながら、こう多津子は胸のうちで言った。そしてこの想念がそのまま、病院に運ばれていく今朝の勲の姿と重なり、彼女は静かな溜め息をついた。それは、何かが繋がるべくして繋がったという思いが、不意に胸に込みあげてきて、吐きだされたような溜め息であった。彼女は気持ちがやわらぐのを感じた。《もしイサの退院できたら、つぎはどっちやろう？　どっちが先やろう？》それで、彼女はこう考えもし、また口に出してもみるのだった。

「どっちが先か。うちか、おっちゃんか。どっちにしたっちゃ、もう行く先な決めとるばってん……」

この考えは、三十年以上も彼女の胸のうちにあり、絶えず思案を繰りかえしてきたものだった。そして、この思案を重ねる時間というのは、同時に、かつての船乗りになりたかったという空想や、自分以外の何かになれはしないのかという想念を、しだいに思い浮かべることのなくなっていった時間の流れでもあった。墓のことを考えるようになった頃の多津子には、ひとつの確固とした発見があったのだった。それは、自分の生活はそう悪いものではないというものであり、船乗りになどならなくても自分は十分〈あっちゃこっちゃ〉を歩いてまわり、そのことを思いかえしてみても、それは仕方のない身の振り方であって決して「みたもなか人間」ではなかったのだという発見であった。

はじめに彼女がこの考えに思い至ったのは、文五郎とナツの十三回忌で勲と連れだって島に帰ったときだった。彼女は法事を終えて、勲とふたりで島の墓場まで歩いていった。午後の日が照る墓場までの坂道は、春先だというのに暑いくらいだった。多津子が先に立って坂を黙々と歩いていき、勲はその後ろから彼女の影を踏みながらついてきていた。

島の墓場は山の丘にあって、そこから海が一望できた。丘は狭い農道を挟んで急な崖になっていて、その下には吉川の家の納屋が建っている。それまでの道よりもいっそう急な傾斜の墓の入り口までやってくると、多津子は後ろを振り向いた。肩の辺りが窮屈そうな背広の上に、前を開けたコートを着ている勲は、彼女のまなざしに対し「まだか？」とだけ言った。

多津子が入り口に立ち、勲の方を振り向いたのは、場所に着いたことを教えるためでもなければ、さらにここから吉川の墓までついてくるよう促すためでもなかった。「うちらは、いったいどこの墓に入るんやろう？」と、彼女のまなざしは訊いていたのだった。前日に島に着いたふたりは、敬子の家の二階に蒲団を敷いてもらい寝たのだったが、その夜にも、ふと多津子は思いついたこの疑問を口にしていた。夜の、互いに目を閉じて交わされる、脈絡のない、途切れがちな応答のなかで彼女はとつぜん言ったのだった。「おっちゃん、うちらのお墓ってどうなるんやろう？」と、彼女はぽつりとつぶやくような声で言ったが、勲は低く唸り――こういう考えごとから唸り声を上げるときには、勲は髭を生やした脣《くちびる》をすぼませる癖があった。いまもきっとそうしているだろう、と暗闇の中で多津子は思った――しばらく黙ったあとに「分からん」と言うだけだった。その返事を聞いたとき、はじめて多津子は、勲が親から勘当されていたことや、ひとりの兄を除いて親族とは一切関わりを断っていることという、かつて彼から打ち明けられ、聞いた当初は深く考えなかった事柄が、自分たちの行く末に繋がっているのだと悟ったのであった。

多津子はその後、十年おきに入院し、手術をした。勲も同様に胃と肺と喉を切った。そのつど、ちがう病院のベッドで横になる夜のたびに、「うちらのお墓ってどうなるんやろう？」ということばが思いだされ、《つぎはどっちやろう？　どっちが先やろう？》と、彼女は繰りかえし胸のうちでつぶやいた。吉川の墓の前にたどり着くと、線香をあげて勲のライターで火を点けた。勲は胸元から煙草を取りだすと、後ろを向いて、口から煙を吐きだした。煙は風に吹かれて、彼が見る海の方に舞い上がり、すぐにかき消えた。墓石に向かって手を合わせていた多津子は、目を開けると狭く横につづく墓地の道の方を見た。墓の並ぶその道沿いのところどころに、石の置かれていないむき出しの地肌が見える。《あすこ、だれの墓も無いとやろうか？　そうやったら……》と彼女は思い至り、昨夜から考えていたことが解決するかもしれないという希望を抱いて（後に勲が檀家でないために新しく墓地を設けることはできないと多津子は知るのだったが）、かおを上げると、帰ろうと促すように勲の傍に行った。だが、勲は片方の腕を腰に当てて、煙草を吸いつづけたまま海を眺めていて、まだ動こうとはしなかった。

「まぶしいな」と、彼は言った。

「ああ。波のね、日ば反射さするけん、この時間な、まぶしかっちゃん」と多津子は言った。

「夏はもっとまぶしいんやろ？」

「夏でも、朝の日の出る瞬間が、そりゃもう目の焼けるごとまぶしかったよ……おっちゃんは、イリコ製造ばしたことないやろけん、分からんやろばってんね」

多津子はそう言うと、不意に幼い頃の記憶を思いだし、かおに微笑を浮かべた。

朝の、日も昇らない時間に多津子はキクに起こされた。まだ蒲団から出きらぬうち、すでに土間に立っていたキクは、もう一度彼女に向かって「早よ起きない！　机にご飯の置いとるけん、食べたらすぐに来ないかんよ」と、彼女と敬子が寝起きする部屋に、よく通る声で言って家から出ていった。隣の蒲団の上には、着替え終えた敬子が座っており、まだ眠り足らないというように目をこすりながら、「ご飯ば食《た》ぼや」と彼女に言った。

食事を終えて、着替えもすませた多津子は、姉と一緒に納屋に向かった。外の道は暗かったが、すでに港は他にも大勢の人間が起きていて、どの家の戸も開け放たれ、それぞれ納屋に向かう者たちが道の先々に居たため、恐ろしくはなかった。家の並ぶ路地を抜けて海に向かう道に多津子たちは出ると、そこから暗い雑草の生い茂る原っぱの向こうに、大きな窓と、開け放たれた戸口から明々とした光が見えた。その光は主に強い光を放つ、港の者たちからカーバイドと呼ばれているランプによるものだったが、ほかに壁や戸口の上などにも、幾つもの小灯しと呼ばれていたブリキのランプがぶら下がっており、まだ明けきらない夜の暗闇の中にあって、そこだけ昼のように明るかった。遠目に見ていても、たくさんのひとが動いているのが、地面にちらつく濃い影で分かる。空と海とを隔てるもののない暗闇に目をやると、遠くで幾つもの漁火がゆらいでいる。あの光を灯す船が納屋のまえに着く頃には、夜も明けているだろう。多津子は考えながら、目を光の方へと凝らして歩いていると、そろそろ納屋の方から話し声や物音が聞こえてきだした。

「あの音がうちは好かんよ。はい来たぁ、はいやれぇち言われとるごたる」と、横を歩く敬子が言った。

それは鰯を並べる木の板を運ぶ、がたがたという音のことだった。多津子は「うちも好かんよ」と言った。だが、そのことばは本当ではなかった。本当はその音を嫌ってはおらず、眠気が徐々に遠のき、外の湿気に急いで汗ばむからだを湧き立たせてくれるような気がしていた。

納屋に着くと、おなじく手伝いに来ていた小学校の同級生に声をかけられた。多津子はその子と一緒に、大人たちが動きまわる納屋の入口の前から脇の方に行き、積み出されたばかりの板に腰掛けた。「そこに座ってもよかと？　がられん（叱られない）？」と、先に腰掛けた彼女に同級生は訊いた。

「よかよ。だって、うちんがたの納屋の物やもん」

友だちを前にして、こういう自慢めいた物言いを、ふとしてみたい気分になった多津子はそう答えたのだったが、それ以上ことばをつづけることはできなかった。彼女は、納屋からいつもの怒ったような顔をした文五郎が出てきて、隅の方で座っている自分を見ているのに気がついた。彼女は、文五郎が口を開くよりも先に、鳥が飛び立つようにその場を離れて、後ろをついてくる同級生に向かって「こっちで遊んでよや」と言った。だが、多津子の声は納屋の横の貯水槽から、勢いよく水が流れだした音のために、同級生には聞きとれないようだった。また、おなじく駄賃目当てで手伝いに来た別の友だちから同級生は声をかけられて、何やらふたりで話しだしていた。それで、多津子はひとりで納屋から離れた草むらに所在なく立っていた。程遠くないところに、見慣れた人影が立っているのに多津子は気づいた。

「来たね。タツはちゃんと起きたときゃ?」と影のひとつは言っていた。

「起きて、てれてれしながらご飯ば食べよった……ほら、あそこに居る」

もうひとつの影である敬子が言っているのを聞いて、多津子はそちらへと歩きだそうとした。

「おぅい、来たばあい!」

そのとき、波止場で煙草を吸っていた何人かの男たちが口ぐちにそう言う大きな声がした。見ると、少しまえまで沖に居た漁船が、もう波止場のすぐ傍にあって接岸するところだった。多津子は、他の者たちと一緒になって走りだした。彼女はまず納屋に行き、積まれている木の板を取ると、つぎに船の方へと向かった。船には板が渡されていて、その上に鉢巻きを締めた禿げ頭の男が立ち、危なげない身のこなしで両腕を船内と陸のあいだで動かしながら、捕ったばかりの鰯を木の板に並べ置き、並んでいる者たちに手渡した。あふれんばかりに鰯が置かれた木の板を納屋まで運ぶと、入口ではまた受け取る男が立っている。手伝いに来ていた大勢の者たちも多津子も、何往復もして木の板を納屋へと運んだ。するうち、納屋の中から「おぅい！　たまっとるけん、早よ並ばんね！」という怒鳴り声がする。その後、鰯は洗われて、海水の張った大鍋で煮られる。煮上がった鰯をまた木の板に並べて、次にそれを納屋の前に並べて干すのだったが、その頃には昼になっている。その際、雨が降りだすと慌てて板を納屋に戻さねばならないのだったが、明けたばかりの空には、まだ雲ひとつなかった。だが、多津子には空を仰ぐ暇などなかった。彼女は板の角で肘や腕に擦り傷をつくりながら、汗みずくになって駆けまわっていた。

船と納屋を往復する仕事を終え、鰯が煮られているあいだ休憩していた多津子に、さっきの同級生が近寄ってきた。

「いま、アキちゃんと話しよったらさぃ」と、同級生が言ったため、多津子は俯《うつむ》いていた顔を上げた。

「何て？」と多津子は言った。

「いまね、アキちゃんと話しとったらね……」

話を聞きながら、多津子の目は同級生の肩の向こうに注がれていた。納屋に置かれていた、小さなランプとは比べものにならないほど明るい、カーバイドの灯りよりも、さらにずっと明るい光が空と海のあいだにあったのを、彼女は見つめていたのであった。それは彼女の狭い視界を領した暗がりに刺し入り、ぼんやりとしていた景色を融かしてしまう。そして彼女はそのときの痛いほどの明るさを数十年経ったいまも思いだすことができ、また瞳の奥に光が焼きつき、目を閉じていても、赤や青や緑や紫の色の筋が輪のように暗闇に浮かび上がるのも、はっきりと思いだせた。

再びドアの開く音がした。多津子は今度もすぐには起き上がれずに、わずかに頭だけを起こしながら《美穂が来たんやろう。そうすると、もう夕方になったとやろうか？》と考えた。

そして、少ししてから部屋を出てみると、入ってきた者は玄関に立ったままらしく、何をしているのか分からなかった。

「美穂？　鍵はかかっとらんやった？」と、多津子は呼んだ。

多津子の声にも返事をせず、壁に手をつく音がして、それから何か薄いサンダルのようなものを履いた足を踏み替える音がした。多津子はふと気がつくと、大きな声で言った。

「おっちゃん？　わが、抜け出てきたと？」

玄関に提げている暖簾を頭で押すようにしてくぐり、それまでも話さなかった勲は、無言のまま、のろのろとした足どりで部屋に入ってきた。

多津子は近寄り、彼の腕をとった。「大丈夫やったと？　それとも、かってに抜け出てきたと？」そして、こう再び訊いた。

勲は黙っていた。

「おっちゃん、返事ばせれよ。お医者さんの許可はあるとかって、訊きよるとやけん」

勲は口を動かし、ひゅうひゅうと笛が鳴るような音を出した。喉を切っており、また口に入れ歯を付けていない勲の口からは、不明瞭な音しか出ないのだったが、多津子はそれをちゃんと聞きとった。

「おれが言うたって？　おっちゃんが、自分でお医者さんに言うて帰ってきたと？」と彼女は彼のことばを繰りかえした。

勲はそうだ、と言い、それから「はふしい」と言った。

「下で待っとると？　ほな、払わなたい」と、これも多津子は彼がタクシーで帰ってきたこと、金を払っていないため、車がアパートの下で待っているのだと理解して言った。

「おっちゃんは寝ときない！　夕方に美穂の来るけん、それまで寝ときない。そんあとたい、おっちゃんをどうするかは」

彼女はこう言うなり財布を持って外に出ていった。部屋に戻ってくると、勲はすでにベッドで横になっていた。多津子も、美穂が来るまでのあいだと決めて勲の隣に横たわった。そのときになってやっと、彼女は勲が帰ってきたことに自分が少しも驚いていないことに気がついた。

「おっちゃん、大丈夫か？」と彼女は言った。

勲が「大丈夫」と言ったのを聞くと、「おっちゃん、ベッドはどうする？　これも、捨ててしまわんと、畳の張り替えがされんてよ」と言った。

「まだ、捨てんでもええ」

「まだか？　そんならいつ捨てるとか？」

「まだ、ええよ」

なぜ勲がベッドを捨てたくないのか、多津子にはその理由がはっきりと分かっていた。《居場所なんやろうね。帰ってくるための場所が、このベッドの上なんやろう、イサにとっては！》と考えると、彼女はもう問いかけるのをやめて、少しのあいだ黙っていた。

「おっちゃんがまだって言うとやったら、仕方んなかたい……」

そして、再び口を開いてこう言ったとき、多津子の頭のなかを、さっきまで思いだしていたことが横切った。《おぼえとるとやろうか？　イサは、あのお墓ん前で、海のまぶしかって言うたことば……うんにゃ、忘れとるやろうね。もうずいぶんまえのときやったもん》と、こう考えながら、そういえば勲が島に行ったのはあのときの一回だけで、それ以来一度も一緒に帰ったことがなかったと、彼女は思いだした。

3 ほどかれてしまった、綴じ合わせせんばならん

「新幹線は混んどらんやった？」

博多駅を出てすぐ前のロータリーで、ふたりの息子を拾って車に乗せた美穂は言った。

「そがん混んどらんやったよ」

後ろの座席に乗り込み、膝の上に鞄を抱くように置いた稔がそう言ってドアを閉めると、美穂はハンドルを切って車を発進させた。だが、すぐ赤信号に捕まって停まったときに、彼女は息子たちの方を振り返った。そして「喪服は持ってきてトランクに積んどるけん、まっすぐ向かうけんね……靴はちゃんと革靴履いてきた？」と言うと、ふたりの足下に、不眠と涙のため、わずかに腫れた目を向けた。

稔は母の視線が自分と兄の靴に落ちるのを、自らも目で追いながら、そのときはじめて兄の履く革靴のつま先が互いに擦れて、色が剝げ落ちてしまっているのに気がついた。祖母の吉川佐恵子が死んだ、と病院で最期に立ち会った母と妹から電話があった深夜の二時から、稔も兄も眠らないで用意してくるよう言われたものだけ持って急いで新幹線に乗っ

たため、靴には気も留めていなかった。《ありゃ、古いのを履かせてしまったな。おれの靴ば浩の履いた方がまだ良かったのに》と、彼は考えて自分の足下に目をやったが、こちらもずいぶんと汚れた革靴を履いていた。

彼らふたりは一緒に暮らしていた。それぞれ関東の大学に通っていたが、浩が先に卒業をして就職すると、まだ学生だった稔は彼の通勤ができる場所に借りることになったマンションに引っ越して、そこから大学に通っていた。その後、稔は大学を退学してフリーターになり、両親の失望には気づかないふりをしながら、もう五年近くもその状態をつづけていた。《浩は毎日履いていきよるけん、そりゃ汚れるやろう。ばってん、ほとんど履かんで下駄箱になわし（しまう）とったはずのおれの革靴まで、なんでぼろになっとるんやろうか？》と、彼は胸のうちでつぶやいた。

「革靴たい。もうみんな通夜の会場に来とると？　というか、会場はどこなの……ほら、青になっとるよ」と、稔は言いながら、こちらを向く母に、前の座席の隙間から指さして信号が変わったことを教える。

「笹丘の、ほら……あそこよ」

「もう、加代子姉ちゃんと知香は会場に着いたって。それで、哲雄おじちゃんも、もう福岡に入ったってよ……」

助手席に座る娘の奈美が、携帯電話の画面を見て言ったが、そのことばの終わりの方は、大きなあくびになってしまい、美穂には聞きとれなかった。

「兄ちゃんが、何て？」と美穂は訊いた。

だが、奈美は目を閉じ、座席の首置きから頭を脇にはみ出してしまいながら、寝入ろうとして返事をしなかった。

それで、「哲雄おじちゃん、もう福岡に入ったってさ」と、妹の代わりに浩が答えた。

「ああ。もう来よるってね」

美穂はこう言って、それから「兄ちゃん、ちゃんとお寿司ば予約したっちゃろうね」とひとり言をつぶやいた。「ふたりとも眠そうやん……寝とらんと？」と稔は、母と妹の疲れた声を聞いて言った。

「そうよ。もう、どんなに大変やったか！　連絡があって病院に着いたのが夜の二時前で、それから一睡もされんで葬儀場の手配やら、ほかにもいろいろやらんばならんで……姉ちゃんや兄ちゃんにも電話したばってん、ケイコ婆もタッコ婆もみんな出らんで、お父さんは酒飲んで寝とるし、あんたにも電話したけど、出らんしさ……バイトばしよったとね？」と美穂は言った。

「バイトじゃなくて、単に寝よっただけやけど……電話があったとは、二時すぎやったたっけ？」と稔が言ったが、今度は美穂の代わりに奈美が首置きから頭を上げて「そうよ！　どんなに大変やったか」と、母の真似をしながら言った。「うちが電話したっちゃけん。

おかあさんがめそめそ泣いてばっかりやったけん、代わりに電話したと。あれから、うちも寝とらんとよ？」

「そう言う奈美も泣きながらおれに電話ばかけてきたやない？」

　そう浩が言うと、「そうよ。婆ちゃん、口の端っこに血の泡がついとったよ。かわいそうにさ」と、奈美は言ったが、その声にもやはり、悲哀よりもいっそう強く彼女の身体を摑んでいるらしい疲労がにじみ出ていた。

「呼吸するためのチューブが傷つけたんやろうね。それで喉の傷ついたとよ……それけん、どうしますか？　って看護師さんに言われたけど、もう外してくださいって言うたよ」と美穂が言った。

「こないだはイサちゃんの葬式のあったばっかりなのにね」と稔は、三ヶ月前にあり、自身と兄が出ることのできなかった多津子の夫であった勲の葬式のことを思いだして言った。

「あんときも大変やったよ！」と美穂が言うと、また奈美が座席の間から首を後ろに向けて「ねえねえ、聞いた？　イサちゃんの葬式のあとにタッコ婆がおかあさんと加代子姉ちゃんになんて言うたか」と言った。

「うんにゃ。聞いとらん」と浩は言った。

「お葬式の終わってから病院に行って、もう火葬場も行ってきて、それで骨と位牌はタッコ婆の家に置いとるよって、おかあさんが言ったらね、タッコ婆、面目ないって言うたとってさ！」

　奈美がそう言うや、稔と浩は大きな声で笑いだし、口々に「面目ないってや！」「タッコ婆がそう言うたってや！」と言った。奈美も笑って「タッコ婆は、おとぼけやけんねえ！」と言い、美穂も思いだしたように笑った。「そうよ、タッコ婆は時代劇から出てきたとかって、姉ちゃんとふたりしてどんなに笑ったか」

「やけん、それからしばらくは我が家で面目ないって言うのがはやっとると。加代子姉ちゃんと哲ちゃんたちがテニスばやりよるときも、ボール打つのに失敗したら……面目ないってみんな言うとよ」という奈美の話に、「面目ないってや」と、稔はもう一度繰りかえして笑い、「もうタッコ婆は、すっかり良いと？」と美穂に向かって訊いた。

「もうすっかりよ。葬式がすんで二週間後に手術したろ？　それでもう退院して、また元気に外ば散歩しよる」

「目も、ちった見えるごとなっとるって、まえ、そがんに電話で言いよったね」と浩が言った。

「いつ？」と美穂は言った。

「先月かな。ほら、イサちゃんのもう居らんけん、これからは外に買い物に行くのもひとりで行かないかんって、話しよったやん。それで、どんな杖ばタッコ婆に買えば良いかって、おかあさん、おれに相談してきよったやん？　で、おれが杖を買ったサイトのアドレスをおかあさんのパソコンに送ってから、連絡がなかったけんさ、どうなったんやろうかって思って、タッコ婆に電話してみたっちゃん」

「ああ、なんか調べてもらっとったね……うん、だいぶ悪いほうやけど、それでも退院したら少しは見えるごとなったって言いよった。ずいぶんまえから身体の悪かったけん、それが目にきとったんやろうね」

「ふうん。おかあさんと加代子姉ちゃんも大変やったけど、タッコ婆も大変やったね、葬式の前日に倒れるなんてさ」と稔は言った。

「前日じゃなくて、二日前」と、美穂が言う。「タッコ婆のさ、お腹ん痛いとに、うんこの出らんって言うもんやけんさ、うちと姉ちゃんとで、そりゃ便秘たいって言いよったら、翌日の朝方に、辛抱たまらんって姉ちゃんに電話があって行ってみたら、かおじゅうに黄疸《おうだん》の出とってさ、慌てて救急車呼んで病院に行ったら胆嚢《たんのう》に石の溜まっとりますからすぐに手術ですって言われて……やけん、イサちゃんの葬式は喪主不在やったと」

「やけん、面目ないって言うたったい」と稔が言うと、美穂も「そうよ。病院から葬式から火葬場まで、全部世話してもろうて面目ないって、かしこまって言うけん、うちと姉ちゃんで笑ったらさ、ほら、タッコ婆は笑い上戸やろ？　うちらにつられて笑いだすもんやけん、お腹の痛かってのたうち回って、うちらはそれを見てまた笑ってさ……」

「騒がしい家族やねって、病院のひとから怒られたやろうもん？」

「ちゃんと小さな声で話しよったけん……イサちゃんの葬式も、大盛り上がりやったよ」

「なんで葬式で大盛り上がりすることのあると？」と、稔は笑いながら訊いた。

「お葬式なのにお坊さんの来んじゃったとよ。あっと言うまに終わるような、簡単な葬式やったけん。それで最初に、故人の親しかったひとが手紙読むとのあるやろうが？　それば、お父さんが読むことになったっちゃんな。ほら、タッコ婆とイサちゃんが福岡に引っ越して来たときに、仕事やらば紹介したことのあったけんね……」

「あれ？　イサちゃんって、お父さんからタクシー運転手の仕事の紹介してもらったと？」と稔は言った。

「ちがう、タクシーの運転手になったとは、だいぶあとで、そのまえにも、色々仕事ば勤めちゃ辞めしよったとよ……それで、お父さんが手紙っていうか、短いスピーチば最初にするんやけど、あれほど飲みなんなって言うとったのに、お父さん朝から酒飲んでべろべろでさ。なんかよう分からんスピーチばして、ね、奈美」

「あのスピーチは最悪やった。勲さんとは生前一度しか一緒にお酒を飲んだことはありませんでしたが、とか別に言わんでもいいことばっかり言いよったし」と奈美は笑いながら父である明義の声色を真似て言った。

「スピーチもあっというまやったけんね、葬式の時間が余るやろ？　やけん、棺にマフラーやら帽子やら、イサちゃんの着とった服やら入れて、ほかにも小物ば入れて、それにケーキも入れないかんやったし……」

「なんでケーキなんて入れたと。イサちゃんがべたべたするやん」と、稔は言って笑った。

「というか、イサちゃんはケーキ好きやったっけ？」

「なんば言いよると。誕生日やったやん入れたったい」と美穂は言う。

「だれの？」

「タッコ婆の。イサちゃんの葬式の日がちょうどタッコ婆の誕生日やったとぞ？」

「へえ！　そうやったったい」

「そうぞ？」と、稔の方に首を向けながら、また奈美が母親の口調を真似するようにして言う。「タッコ婆は誕生日の日にイサちゃんの葬式があって、しかも入院しとったとぞ？」

「ケーキも入れたろ？」と、また美穂は話しだす。「それに、タッコ婆がさ、入院した日に、夢にイサちゃんの出てきて、餡パンば食べよったけん、それも入れてくれって言うけん、スーパーで買ってきてそれも棺に入れて、それに、お斎《とき》も……斎場でご飯ば食べるやろが？　それも入れたけん、みんなで棺ん中が食べ物だらけになっとるねって、そがん言って大笑いしてわいわい言いながら、あとは出棺まで時間のあるけん、棺の前に並んで何枚も写真撮ったよ」

「おかあさんが大声で写真ば撮ろうよって言いよったけん、斎場のひともどんな家族やろかって思いよったやろうね」と、奈美が言った。

美穂は「あら、そんなうるさかった？」と笑い、「まあ、明るく送ったよ、イサちゃんは」と言った。

「そう、そんならよかったたたい」と稔は言うと、腰を浮かせて、尻の下に潜りこんでしまっていた、自分が肩から掛けていた鞄のベルトを抜きだすと、さっきよりも深く身体全体を沈みこませるようにして座りなおしながら溜め息をついた。そのとき、車中にはそれまで間断なくつづいていた話し声と笑い声が止み、母も兄も妹も、次に起こる会話を自分以外の者がはじめるのを待っている、沈黙の時間が流れだしていた。彼は隣に腰掛ける兄の横顔を見やり、それから切れぎれに、夜中に奈美からの電話で起こされてからのことを思いだした。朝早くに家を出て、新横浜駅まで向かう電車に乗りこんだ。もう祖母は死んでいて、急ぐ必要などないはずだったが――むしろ何もかもはもう遅く、もはや自分には何もできないという事実のために――一番早い時刻で博多に到着する新幹線に飛び乗ると、車中でも一睡もせず、喫煙室と席とのあいだを終始うろうろと往復していたことなどを、彼は思いだしていたのだった。そうして、ようやく博多駅に着き、美穂の運転する車で斎場に向かいながら、通夜のまえだというのにぐったりと疲労感が身体の中に重たく溜まっている今の今まで、彼は自身の祖母が死んだことに対して、ろくに悲しむ時間がなかったのに気がついた。

「そういえば」と、奈美が美穂に向かって話しかけた。「イサちゃんって、家族はだれも居らんやったと？」

「山口にお兄さんのひとり居ったんやけど、こないだタッコ婆と役所に行って調べてもらったらね、もう七年前に死んどった。それも、おなじ病気でね」

「癌で？」

「そう、癌たい。ねえ、稔。あんたもそろそろ煙草ば止めないかんよ……聞いとるとか？」

美穂の呼びかける声に稔は、ただ軽く鼻を鳴らすようにして笑うだけで返事をせず、《そうたい。つまり、全部がこの調子やもんな！》――こう胸のうちでつぶやいた。それから彼は窓の外に目を向けて、小雨が降りだしている街路や、傘をさして歩くひとの姿を眺めていた。「雨の降るってテレビは言いよらんやったのにね」と、だれに言うでもなく彼は言った。

「いや、午後から福岡は雨って、ラジオは言っとったよ」と浩が言ったのにも、やはり稔は返事をしないで黙っていた。そうして、再び胸のうちでさっきとおなじことばをつぶやくのだった。《そう、そうたい。全部この調子やもんな……イサちゃんが死んでも婆ちゃんが死んでも、ぜんぜん湿っぽい雰囲気にはならん。ずっとしゃべり散らしてばっかりで、悲しい空気に浸るっていうことが、うちの家にはまるでないもんな》

稔が外を見ているあいだも、美穂も奈美も黙っており、浩も何も言わずに何か考えこんでいるのか、折りたたんだ白杖の柄に付いている紐を指で弄びながら俯いていた。《これで、加代子姉ちゃんも加わったら、もっと騒がしくなるんやもんな。奈美も、この頃はおかあさんに似てきたごたる……だれやったっけか、ああ、そうたい、キクさんやった。ケイコ婆の母ちゃんが、やっぱり何かといえば笑ってばっかりのひとやったって、まえにだれやらか聞いたことのあったな。やっぱりキクさんも、おかあさんや加代子姉ちゃんみたいな笑い方やったっちゃろうか？　声を息のつづく限りに引き伸ばすごとして笑いよったんやろうか？　もしそうなら、この調子は、吉川の家のものなんやろうな。吉川……ああ、そうたい。婆ちゃんも死んで、いよいよあの古か家はどうなるんやろうか？　ぼけるまえに婆ちゃんの、吉川の家も古かけん、ほどいてしまわんばならんって言いよったな。でも、ほどくっていうのは、どういう意味なんやろうか。たぶん、解体するって意味やろうばってん……》

と、稔は美穂の方を向いて「そういえばさ」と言った。「イサちゃんのベッドは、結局どうなったと？」

勲と多津子が使っていたベッドが壊れてしまっていて、捨てなければならないという話は美穂を通して稔にも伝えられていた。美穂が稔にその話を伝えたのは、どうしてもベッドをどかさなければならない畳の張り替えの時期よりもまえのことで、彼女はその頃に帰省した彼に、自身と加代子とでやろうとしていた、壊れた部分を解体する作業の加勢を頼んでいたのだった。結局、勲の強い反対があって稔が帰省していたあいだにはベッドを捨ててしまうことはできなかった。稔は、そのあとベッドがどうなったのかを聞いていなかった。そのことを彼は、佐恵子が言っていた〈ほどく〉ということばによって不意に思いだしたのであった。

だが、運転に集中していたために、また、これから当分つづく慌ただしさのことを考えていた美穂の耳には、稔の問いかけたことばは聞こえていなかった。

「ああ、イサちゃんのベッドか、懐かしいね」と、浩が母親の代わりに返事をして言った。

「あのベッドば壊したの、多分うちらやろ？」と、それまで黙って首置きに頭をもたせかけていた奈美が、兄のことばを聞き微笑を浮かべながら話しだした。「うちらでタッコ婆の家に遊びに行くとさ、イサちゃんが帰ってくるまでのあいだ、あのベッドで飛び跳ねて遊んどったやん？　知香だけ上手く飛べんで、うちらに踏まれそうになって泣きよってさ」

「そうやった、そうやった」と稔も笑顔になって言った。

「遊びに行っちゃベッドで飛び跳ねよったもんな。だいたい、なんでおれらは、ほとんど毎週タッコ婆の家に行きよったっちゃろう？　奈美のピアノ教室におかあさんが迎えに行って、それから帰ってくるまでタッコ婆の家で留守番ばしよったんやったっけ？」

そして彼は浩の方を向いてこう言ったのだったが、訊かれた兄のかおの上にも笑顔があらわれだすのを見ると、自らもますます笑みを深くした。彼はこの、自分と兄と妹にだけ共通の思い出を口にするということに、久しぶりに家庭の雰囲気に自分が包まれる心地良さを味わっていた。なおまた彼には、兄と妹が浮かべる笑みによって、彼らも自分のこの感覚をやはりおなじように抱いているのが分かり、愉快に思われた。それで、稔はこの他愛のない思い出話に始終笑みを浮かべながら、家庭的な雰囲気に身を浸しているのだった。ついさっきまで母や妹の笑い声に対して感じていた〈この調子〉を、自分がいつのまにか我がものにしていることには気づかずに。「なんでやったたっけ、たしか、奈美ば待ってたんじゃなかったかな。でも……おれたちが飛んどったらベッドの下で、めりめりって音がして、それであとからイサちゃんが怒っとったってタッコ婆に聞いたときのことは、ようおぼえとる」と浩が言った。

「そうそう。支えの一番大きい板だか柱だかを踏み割ったんやった……あれが、何年まえになるっけ？　奈美も知香も小さい頃やったよな。なあ、奈美？」

「うちがピアノしよったのは四年生までやけん、そのまえたい」と、奈美が稔に答えて言った。

「それじゃ、もうかなり前のことになるね」

「なんが？　かなり前になるって？」と、それまで黙っていた美穂が浩の言ったことばを聞いて、だしぬけに甲高い声でそう言ったため、稔たちはまたも笑いだした。

「いや、おれらが昔、イサちゃんの部屋のベッドで飛び跳ねよって……」と浩が母に答えて話しだそうとしたが、横から稔が遮って、「昔の話ばしよったったい」と言った。

「そういえば、結局イサちゃんのベッドは捨てたと？」

そのとき彼は自分が母に訊こうとしていたことを思いだし、再び訊いた。

「もちろんよ。畳の張り替えんときに、うちと姉ちゃんで解体して、とっくに捨てたに決まっとるたい」と美穂は言いながら、ハンドルを切って車を建物の駐車場に入れた。

「はい着いたよ。あんたらはここで降りない……他も空いとるのに、そこに行けって言いよると？」

そして彼女は、外に立っている、自分に向かって定めの場所に誘導しようと腕を振る斎場の社員の男を見ながら、つぶやくように言った。

車から降り、兄の腕を取って歩きだしながら、稔はこの場所でまちがいないというように、入口の白い予定表に貼られている紙に書かれた「吉川佐恵子」という文字を見た。それから大きな自動ドアと、その奥の広々とした斎場の入口を見やり、すばやくこれからの長い時間を考えた。彼は、どんよりと湿っぽい雰囲気と、低い話し声と、親戚たちのどの面にも浮かんでいる悲哀と同情がたたえられた表情と涙と、むっとするような線香の煙の臭いなどを、すぐにも体験しなければならないものとして想像するのだった。だがこの想像は、空調が効いていて立ちこめる煙の臭いもない建物の中に入り、受付に立つ知香と哲雄の娘がのんびりとしたかおつきで何やら笑っているのを見て、次いで右手にある部屋の開けられた引戸からの、さかんな笑い声を聞いたことで消え去った。

自分の想像と異なる、穏やかな談笑の雰囲気に奇怪な思いを抱きながら、稔は浩と笑い声のする部屋へと入っていくと、入口のすぐ傍に机を囲むようにして置かれたソファに座っていた伯母の加代子が、ふたりに気づいて「あら、来たね」と言った。

彼女が声を上げると、入口に背を向けるようにして腰を下ろしていた多津子も振り向き、その他にもおなじく腰掛けていた三人の親戚たちが、それぞれふたりの方に顔を向けた。

「稔くんと浩くんやろ、おぼえちょるやろか、おばちゃんのことは？」と、ソファの端に座る親戚のひとりが言った。

「ええ、ごぶさたしてます」と言いながら、誰であったのか思いだそうと稔はその親戚のかおを見つめるのだったが、一向に名前が出てこなかった。たしかにそのかおには見おぼえがあり、何より自身の祖母——部屋の奥に寝かされている佐恵子とよく似ていた。《それけん、徳山の誰かやろばってん、誰やったっけか……》と、彼は祖母に似たかおを見ながら考えていた。

そのとき、ちょうど多津子がこの親戚に話しかけたことで、彼女が祖母の妹の節子だったと稔は思いだした。

彼と浩はソファでなくその隣の、長いテーブルの置かれた畳の上に腰を下ろしたが、鞄を放るとすぐに立ち上がって部屋の奥の明かりに照らされた壇上の花に包まれるようにしてある棺に、ふたりして向かった。ちょうど蚊取り線香のように渦巻き状になっている線香がすでに焚かれていたため、稔は手を合わせると、すぐに棺の中を覗きこんだ。

「おぅい。婆ちゃん、来たよ」そして、彼は小声でつぶやくようにこう言った。

彼は立つと、両方の手を後ろ手に組み、片足に体重を預けて前に乗りだすようにしながら、佐恵子のかおをほとんど真上から眺めだした。そうして眺める佐恵子のかおは、彼には何やら全体的に白っぽく見えた。生前に好んでよく着ていた白い服を着せられて、おなじように白木の棺の内側に敷き詰められた白い布に埋もれるように横たわる彼女の頭に生えた短い髪も白ければ、化粧された頰や額や顎も白かった。それらが白いだけに朱色の唇と、胸の少し下に組まれた痩せた手の土気色が、異様な色彩に見えていた。また、鼻の横の大きなほくろ、右目のまぶたの上にも、それとおなじ大きさのほくろがもうひとつ、それから目尻のしみといったものが、化粧されたかおの中で、そこだけ（化粧がきちんとされている分よりいっそう）何やら強調されているようにして見えるのだった。だが、横たわるのが、ほかならぬ佐恵子だと示すように、それらは彼女のかおに残されていた。

そうして佐恵子のかおを眺めつづけるのだったが、そうしながら、彼は自分のおぼえていた祖母のかおが、いま目の前にあるかおと、あまりにも似ていないのに奇妙な感覚を抱いていた。彼は壇上の中央に掲げられた遺影に目をやった。すると、こちらの方が、まだ自分のよく知る祖母に似ているように思われるのであった。

彼は、まだ手を合わせている浩を促して立ち上がると、すでに駐車場から部屋に来ていた美穂から渡された喪服を持って、別の部屋に着替えに向かった。

しばらくして稔と浩がソファのある部屋へと戻ってくると、加代子の夫の昭が来ていた。佐恵子の甥でもあった彼は足が悪く、そのためあぐらではなく座椅子に浅く座って、両方の足を前に伸ばした格好で居た。また父の明義も居て、稔が鞄を置いていた場所にこちらはあぐらをかいて、自分とおなじように仕事帰りで駆けつけた昭と何やら笑いながら会話をしていた。

「稔、ビールのあるぞ？」と、傍に座る息子に明義は言って、テーブルの上に出された瓶とグラスを取った。

「いまから飲んで良いと？」と稔は言いながらも、手にグラスを持ち、もう注がれているビールの泡を見た。

「よかくさ。飲みきれんほどビールのあるとやけん」

明義はそう言って自らのグラスに注ぎ、また向かいに座る昭にも勧めるのだった。

昭は注がれた酒を飲もうとグラスに口をつけたが、それを見ていた節子から、「ちょっと、昭よ。佐恵子姉さんのかおを見ちょらんうちから……べろべろになるけ、まだ酒はだめよ」と言われて、慌てて立ち上がろうとした。しかし、昭はなかなか立ち上がれずにいた。左手に持った杖を支えにしてようやく立つと、彼は節子と一緒に棺の方に近寄った。

「お、きれいじゃん」

棺に手をつき、身を乗りだしながら佐恵子のかおを見て昭は言った。

「きれいかろ？」と彼らの傍にきていた美穂は、昭と節子を交互に見やって言った。

「ほんとにねえ」と、節子も言った。「やけど、髪の毛がね、残念にねえ。自慢じゃったのに」

「ああ、髪でしょ？」と美穂は答えて言った。「病院に長く居ったけん、それで、もうばっさり切られてしもうとって……」

稔は畳の上にあぐらをかき、注がれたビールにはほとんど口をつけないで、親戚と母の会話を聞き、またそうやって話しながら飽かず祖母のかおを眺めつづけ、何か、そこから言うべきことばを拾いだすようにしている彼らの姿を見ていた。

「ちゃんときれいに化粧してもらってるから、よかったよ」と昭が言った。

「ねえ、ほんとに……とうとう病院にはお見舞いに行かりんかったけど、こうしてきれいに化粧したかおと会えたからねえ」と節子もうなずきながら言った。

美穂と節子は佐恵子のかおをなおも飽かず見ながら、化粧の仕上がりの良いこと、病院で短く刈られた髪がいかにも残念だということ、着せてある服がよく似合っていることなどを、これも飽かず話していた。昭は飾られた写真に目を上げて、数秒のあいだ視線をそこに留めていた。と、彼はかおをぶるりと震わせて、二度つづけざまに大きく鼻をならしたかと思うと、「おばちゃんも、ようがんばったね」とつぶやいて、とつぜん泣きだしたのだったが、それは、棺の中で横たわり目を閉じた佐恵子ではなく、笑みを浮かべてこちらを見ている写真によって、はじめてもう彼女が死んでしまったのだと気がついたというように稔には思われた。

稔が一杯目のビールを飲み終わらないうちに、哲雄が肥った身体を揺らしながら、手に寿司の入った大きな袋を提げて部屋に入ってきた。

「ちゃんとお寿司ば持ってきとるたい、兄ちゃん」と美穂が言うのに、哲雄は「おう」とだけ返事をして、のしのしと畳に上がり腰を下ろした。そのうしろを後れて、この日集まった者たちのうち、もっとも年上の、そしてまたもっともながく、今は棺の中に横たわる兄嫁と日々の付き合いのあった敬子がゆっくりとした足取りでやってきた。ふたりは一緒に佐恵子のもとに向かった。哲雄は手を合わせるとすぐに立ち上がったが、敬子は小さい身体を折り曲げてますます小さくさせ、ながいこと棺の前に座っていた。さらにそのあとすぐに、明義の母の栄子と、彼の弟家族が一緒の車でやってきたため、それまでも話し声の絶えなかった部屋は、互いの挨拶や笑い声でさらに騒がしくなりはじめた。

部屋に上がった栄子は、美穂や明義に二、三言挨拶を述べると、すぐさま佐恵子のもとに近づき、しょぼしょぼとした目で佐恵子のかおを覗きこみ、しばらく皺だらけの口をもごもごとさせていた。

「佐恵子さん、ほんなごつ、お疲れさまやったなあ！」

そして栄子はいかにも年寄りらしい声で言ったのだったが、それは家に居るよりも田んぼや畑で立ち働いていた時間の方が長かった者の声であり、また、稲こきを終えた田の上で一粒ずつ籾を拾いながら、米には八十八の仏さんの居らするとやけん、粗末にはできんなどと言ったりもすれば、脱穀機を叩きながら、牛や馬にでも言うように今年もよう働いてくれたなあ、と声を掛けることもできる心を持つ者の、優しさと親しみと粗野とが、それぞれ最高度に表現された良く通る声だった。

稔は後ろから敬子の、また栄子のそうした姿を見て、声を聞いていた。

「おれは焼酎ば飲むけん、いまはよか」と、ビールを勧める明義に哲雄は言うと、傍を通った美穂に「和尚さんは、あっこの……大手門のホテルに泊まってもらうごとなったけん、それで、かみさんが帰りに車で連れていく」と言った。

「和尚さんって、島のお寺の？」と、隣に座り聞いていた稔は訊いた。

「そうたい、来てもろたとよ」

こう言ったとき、入口に立って誰か斎場の者と話しているらしい加代子に呼ばれた美穂は、すぐそちらへと足早に歩いていった。

そうこうするうち、部屋に斎場の男がふたり訪れて隣の会場で読経を始めると告げた。

そして稔と明義と哲雄は、男たちの手伝いとして、会場に用意されていた壇の上まで棺を運ぶよう指示を受けた。

「こりゃ、けっこう重たかぞ」と、ひとりで後ろを持とうして、斎場の社員に助けられながら持ち抱えた哲雄が言った。「イサちゃんのときよりも重い」

「イサちゃんは背の高かったばってん、瘦せとったもんば」と、こちらは頭の方を持ちながら明義が言った。

二十分ののち、全ての親戚たちは会場の椅子に腰掛けて、わざわざ島から連れてきた住職の唱える経に頭をがくりと垂れ、数珠の玉を擦り合わせながら座っていた。経をそらんじていた敬子は、住職が読んでいる個所を先んじてつぶやきながら、ときおり進みすぎた足なみを合わせようとでもいうように、少しの間《ま》を置いて溜め息をついていた。隣に腰掛けている多津子は、姉のように口には出さずに、どことなく子供に見られるような生真面目な目つきで背筋を伸ばし、花があふれる壇上を黙って注視していた。後ろに座る稔は、肩越しにある敬子と多津子の横顔を見やり、また誰か鼻をならした者の方に目だけをすばやく向けたり、数珠を握りなおすついでに腕の時計を見たりしていた。だがその目は、それらを見てこそいたが捉えてはいなかった。彼の意識の大部分は、暇つぶしに思い浮かべだしていた想念に注がれていた。《悲しむ暇のないまま、こうやって座っとる。そうたい、いまも、昭おじちゃんのごと泣きもせんで、それから糸島の婆ちゃん（栄子）のごと自然に、言うべきことを言えるみたいな、そうできるような、あるいは、そうしたいっていうごた感情の、なんでおれには湧いてこんとやろうか……うん？　おれはなんば言いよるっちゃろう？　悲しいから悲しむもんで、悲しもうとして気持ちをそっちに持っていくなんて、そんなばかな話もないいな。ばってん……そう、南無阿弥陀仏南無阿弥陀仏……》

念仏の声は繰りかえし南無阿弥陀仏と唱える個所にさし掛かり、これにはそれまで黙然と首を垂れていた者たちも口を開き、同様に繰りかえした。

《そうたい》と稔は考えつづけるのだった。《そうたい。おれはこれを考えよう。婆ちゃんが居なくなったっていうこと。そのことば悲しいと思わんってことは、つまりそこには何か、悲しいっていう気持ちとは別の、何かがあるったい。おれにはよく分からんでおった、何か別のものが。おれがどうでんあれ知らんばならん、何かが……ばってん、何を？》

読経が終わり、住職は明日の告別式のために哲雄の妻がホテルに送り届け、親戚たちも再びそれまでくつろいでいた部屋に戻ってきた。テーブルには寿司と、その他にも揚げ物が詰めこまれた大皿が三つ並び、酒も何本もの瓶が置かれた。喪主は美穂だったが、彼女は大勢をまえにして形式的な挨拶を述べるのが得意でなかった。それで、代わりとして夫の明義が一同に向けて通り一遍の挨拶をすると、それまでも決して静かとはいえなかった親戚たちは、酒も入り、その声をいっそう大きく張りあげて話しだした。

稔は、さっきまであぐらをかいていた場所に戻り、ビールを飲んでいた。そして、早くも赤くなったかおを話している親戚のだれかれかまわずに向けて、口元だけにわずかな笑みを浮かべていた。

「なんば笑いよっと？」と、息子のかおの笑みを見た明義が、空いたばかりのグラスにビールを注いでやりながら、言った。

「うんにゃ、それにしてもさ……」と稔は、しっかりと歯を見せて笑いだし、「みんな、そっくりやねって思うてさ」と答えて言った。

「そっくりって、誰にや？」

「おかあさん、加代子姉ちゃん、哲雄おじちゃん、タッコ婆、ケイコ婆は、みんな吉川や内山のかおで、身体もみんな丸々と肥えとってさ、それに隅広もみんな似とるやろ？　大村は婆ちゃんとお父さんも似とるし、剛おじちゃんも、やっぱりそっくりだし……」

このところ腹が出てきて、顎や頬にも肉がついてきているため、眺める親戚たちに自らも似てきていることを、すっかり棚に上げてしまいながら、稔はそう言って笑うのだった。明義はそれを聞くと「それば見て笑いよったってや？」と言い、鼻から抜けるような笑い声を立てた。

集まった親戚たちがそれぞれ似通っているということは、稔にとって面白く思われた。さらにそれぞれ似通っていながら、彼らがそれぞれ吉川、内山、隅広、大村というちがう家の者たちで、また足や目や耳が悪く、癌や糖尿を抱えており、明確にそれぞれ別のひとびとである、そしてそうでありながら、ある全体の中にそれぞれが居るとき、やはり彼らは似通って見える。彼らを（この中には稔自身も含まれていた）それぞれ互いに分け隔て、また同じに見せているものは、なんなのだろうか？　別人に見えたり、そっくりに見えたりするというのは、どのような作用によるものなのか？　といったことを考えるのが、彼にはいっそう面白く思われていたのである。《ああ、そうたい》と親戚たちを眺めながら、彼はふと、こう胸のうちで言った。《そうたい。婆ちゃんも身体のあちこちを悪か、痛かって言いよったな、あれは、どういうふうに言いよったっけ？……そう、そうたい。ああ、痛さよぉ、こう昔はよく言いよったな。痛さよぉ、痛さよぉって……夜便所に起きるときなんかに、よく言っとって、おれが夜更かししてテレビなんか見よったら、座敷から這いつくばるごとして土間の上がり口の方に行く婆ちゃんが言いよった。それで、おれが大丈夫って訊いたら、大丈夫よぉって言うとばってん、それでも、痛さよぉ、痛さよぉって繰りかえしとった……あの頃はまだ、ぼけるまえやったっけか、そうたい、まだぼけてしまうまえやった。それで、どこの痛かと？　って訊くと、腰も膝も手も胸も痛かっちゃんば、こう言うとったな……やけど、どんな声で言いよったんやったかな？　どうにも、声の思いだせんごとなっとるぞ》
彼はグラスを片手に持ったまま立ち上がり、ソファの空いた場所に腰を下ろした。横には浩と多津子が並んで腰掛けており、また斜め向こうには敬子も居た。彼はきょろきょろと辺りを見まわし、やがて敬子、つぎに多津子のかおのうえに、その視線を落とした。

多津子は、浩が使っている白杖を持っていて、折り畳んだり、すべすべとした表面を撫でさすりながら、隣でしきりに話している浩のことばにあいづちを打っていた。

「その先っぽの方に、茸みたいなのがついてると思うんだけど、それが三百円で買えるんだよ……そう、その丸いプラスチックの部分だけ別売りになってってね」

酒が入っているときには、どういうわけだか標準語になりながら話す癖が浩にはあるのだったが、このときもそうで、上機嫌になりながら杖の説明をしていた。

「そうね、これば別に買わんといかんと?」と多津子は浩が言うところの、茸の形をした杖の先端を触りながら訊いた。

「なくてもいいんだけど、それがあると、マンホールや溝の穴に杖の先が入らなくなるから……ほら、うっかり穴に杖の先が入っちゃうと、折れたりする危険があるんだよね。そうしたら、せっかくの四千円以上を出して買った杖なのに、一発でおじゃんだからさ」

「浩は、これ一本の前にもいろいろ杖の買うとったもんね。あれはみんな折れてしもうたと?」

「折れたのもあったし、曲がって折り畳めなくなったりして、その杖が四本目になるよ……高校の頃に使ってたやつなんか、おかあさんが間違えて車のドアに挟んじゃってさ！」

「そうね」と、やはり多津子はそう言いながら、どこか遠くを見るようにして、また稔とおなじく辺りを見まわすようにかおを左右に向けていた。

「杖ば勧めよると？」

さっきから横に腰掛けていて、話を聞いていた稔がこう訊くと、浩は「ああ、タッコ婆が杖をどれ買っていいか分からんって言っとったけんね」と言ったが、多津子はいったい浩が誰に返事をしたのか分かっていないらしく、曖昧な微笑を浮かべて稔を見ていた。

「ああ、誰かと思ったら、稔やったと？」

十秒ほどして横に座る者の正体を知った彼女は笑いだし、「ちょっと、頼みがあるんやけど……」と、稔にかおを近づけながら声を落として言った。

「なに、トイレに行きたかって？」と稔は言った。

多津子はうなずき、立ち上がりながら腕を前に出した。稔はその腕を取った。

部屋を出て、多津子をトイレまで連れていくと、受付のある入口の壁際に置かれたベンチに稔は座った。《タッコ婆、元気そうたい。ばってん、それにしても……本当にそっくりで、それにいったい、いつ黙るときがあるんやろうかってぐらい、みんな話しよる。話すこともなくなりそうなもんなんやけどな。それから笑い声にしたって……》

彼は上着のポケットに手を入れ、煙草を取りだした。そして灰皿がどこにあるのか目で探しながら、壁ごしに聞こえてくる盛んな笑い声に耳を傾けていた。《本当によう笑うなあ！　あのいちばん大きい声が、おかあさんやろう。加代子姉ちゃんとふたりして、どっちも互いに負けんごと声の張り上げよる……それに奈美も、この頃はだんだん、おかあさんに笑い方の似てきとるけん、ときどき、どっちがしゃべりよるのやら分からんごてなってきよる。いま話しよるのは、哲ちゃんやろうか？　そう、哲ちゃんの声たい……また、奈美の話しだしたぞ。婆ちゃんと爺ちゃんがどうやって知り合ったのか訊いとるぞ、返事ば返したとは、節子おばちゃんかな？　ふうん、おばちゃんも、なんで知り合うたのか、おぼえとらんのか……ケイコ婆の声もしよる……内山？　ああ、隣の親戚の内山の話ばしとるんやな。またおかあさん、ほら、つぎにまた加代子姉ちゃんの笑い声……昔のことばっかし、本当に、いつまで話しつづけるんやろうか？》

「もう、お腹のはち切れるごと我慢しよったとよ」

ハンカチで手を拭きながら、そろそろとトイレから出てきて冗談口を叩く多津子の傍に、稔は腕を差しだしながら立った。

「もうすっかり、退院してからは調子良いってね？」

「うん、おかげさまで元通り」

「面目なかったのも、もう大丈夫やろ？」と、稔は車の中で出た話を思いだし、微笑しながら言った。

多津子は「なんて？」と言い、数秒してから笑いだした。「そうたい。ほんとに、面目なかったばい」

手を取って部屋へと歩きながら、すぐ傍にある多津子の年老いたかおを、稔はまじまじと見ていた。そうして、こうした場にはありがちな、このつぎに死んでしまうのは、もしかしたら〈ケイコ婆〉かもしれない、あるいはこの〈タッコ婆〉かもしれないという想念を（考えることさえ憚られることだとは分かっていたが）抱いていた。と、急に彼は心が妙にやわらぐのを感じ、何やら感傷的な気分に傾きはじめているのに気づいた。それで、まるで関係のないことを話しだした。

「イサちゃんのお墓はどげんなったと？」と彼は言った。

「イサはね、姉さん方の墓に入れてもらうことになったよ」

「へえ！　内山のお墓に？」

「そうよ、あっちは宏くんひとりやから……吉川は、もうたくさん先に居るけんな、内山にイサば入れてもらいますって、もうお寺にもよろしくお願いしてな、そがんに言うてあるとよ」

多津子は少し黙り、それから「それでな、うちは吉川に入れてもらうけんね……あの世は夫婦で別居！」と冗談めかして言った、まるで幼い子供のように赤く上気して輝く頬を持ち上げ、にこやかに笑いながら。

それから稔は部屋の自分の席に戻り、酒のグラスを重ねた。やはり部屋の中の雰囲気は美穂と加代子を中心にして、あいかわらず活発な途切れることのない会話がつづいていた。明義はソファの方に場所を移して、節子の夫と話していた。それで、話しかける者がなかったので、稔は立ち上がり、会話の中心である美穂の傍に座る敬子の近くに行って腰を下ろした。彼が敬子の傍に行ったのは、酒が回っていて、なんとなく誰かと話したいような気がしていたからだったが、また、すぐ近くで起こる哄笑に〈ケイコ婆〉が混ざらず、何やら暗い表情をしているように思われたからでもあった。

「何時の船で来たと？」

敬子が端に腰掛けるソファにはもう空きがなかったため、すぐ隣の絨毯の上にあぐらをかいた稔がこう訊くと「おぅ、ミーくんね」と、彼女はぽつりとつぶやくような声で、言った。

幼い頃によく呼ばれていたこの「ミーくん」の響きは、稔のかおに微笑をもたらした。そうしてその微笑は呼んだ当人にもまた、打ち返す波のように伝わっていく。

「船は最後の便で、哲雄が迎えに来たけんな……和尚さんと一緒に車に乗ってさ」と、敬子は言いながら、手に持っていた寿司が載る皿をどこかに置こうとするように動かしていた。目の前のテーブルにはすでに皿やグラスが隙間なく置かれ、それに空いた酒瓶も敬子のすぐ前の一所に集められていたため、彼女はさっきから皿をどうにかしたいと思いながら、仕方なく持っていたのだった。

稔はその皿をもらって寿司を口に放りこむと、「そういえばさ、ねえ、ケイコ婆ちゃん……」と言い、しばらく黙っていた。

「島では、ほどくって言いよった？」

少しして口の中の物をみな飲みこんでしまうと、指先を舐めながら稔はこう言った。

「なんて？　ほどくって？」

敬子は、よく訊かれたことが分からないというような声で言った。そのため、稔は「ほら、ええと」などと言いながら、どういう話し方なら伝わるのか考えた。

「いや、婆ちゃんが昔よう言っとったんやけどさ、吉川ん家も、うちの死んだらほどかならんねって、ほどいてしまわんばならんねって……こういう感じで言いよったとばってん、ほどくって方言のあるんやろうかって思うてさ」

それで、彼は佐恵子の口調を真似ながら言った。だが、やはり《いや、どうも思いだせん。こんな調子じゃなくって、もっと歌うような言い方で婆ちゃんは話しよったはずなんやけどな》と、自分の声を聞きながら彼は思っていた。

「ああ、家んことば言いよるとね？」と、ようやく稔の言わんとするところを了解した敬子は言った。「ほどくって、そら、昔は家ん屋根の、藁葺きやったろ？　それの古くなったとば剥がすときに、ほどくって言いよってね。家ば壊すときにも、そがんに言いよった……ばってん、そう言いよったとは農業ばしよる者やったよ。農家は藁葺きの家もだいぶ残っとったけんな、そがん言いよった。ほら、吉川でもどこでも、港の方に住む者は、みんな漁師やろ？　だいたい港に建ちよる家は、どこも瓦やったけんね……ほどく、ちうて佐恵子姉さんのそがん言いよった？　つかいよったと？」

「うん、ほどくって言いよったよ。吉川ん家も、だいぶん古かけん、ほどいてしまわんばならんねって、そがんふうに言いよったよ」

稔がそう言うと、敬子は「ああ」と小声でうなずきながら言った。「そがんふうに言いよったってね」

稔が敬子と話しているそのあいだにも、すぐ傍では親戚たちの笑い声がほとんど連続して聞こえていた。

稔がそちらへと目をやると、かおを真っ赤にした哲雄が、しきりと焼酎の入ったグラスを上下に振りながら話しており、敬子に似た細い目をなかば閉じて、何かを思いだそうとしているように頭を心持ち後ろに反らし、「オジジの、ほら……」と加代子に向けて言っていた。

「なんね？　オジジに追い回された話や？」と、加代子はすでに笑う用意を口元にして兄に言った。

「うんにゃ、追い回されたこともあるけど……ほら、あんとき、おれが入院したときのさ……自転車で向かいの原ロん家にぶち当たって……」

「ああ！　レントゲンになんか影んごたるとが写って検査ばしたってやろう？」と、加代子が笑って言った。

「そうそう、そんときにさ、キクさんの見舞いに来たことのあったろが？」

「ええ、いつ？」と、美穂が訊いた。

「そうやったか？　キクちゃんやなくて、ナツちゃんやないか？」と加代子は吉川の家の女たちを、冗談めかして呼びながら言った。

「たしか、そうやったと思うんやけどなあ」

「それけん、いつ？」

「そん頃、まだキクさんは生きとったか？」

　彼らは一時のあいだ、言いだされた昔の出来事を思いだそうとして思いだせず、互いに記憶のきっかけを探り合うような問答を繰りかえすのだった。そして、結局誰も思いだせず、忘れてしまい、別の会話へと移ろうとしたときに「ああ！　キクさんが見舞いに行きよった、うちが船まで見送りについて行ったとやった！」と、美穂が言うと、「そうやった、そうやった。キクさんと、他にもうひとり居ったろ？」「大浦？」「大浦やった、大浦のおばちゃんのおかあさんたい」「そうそう、あんふたりで船乗って、それが大時化《しけ》んときやったもんやけん、ふたりして水かぶったって言いよった……」――このように美穂たちは昔のこと、自分も他の者も忘れていたことを思いだしつづけ、いつまでも話しつづけているのだった。

それらの会話のリズムと、小止みなく起こる笑い声のテンポともいうべきものが、いかにも明るく休みないものだったので、おなじソファに腰掛けている節子や明義も彼らの輪に入っていけず、また話されている内容をまるで知らなかったにもかかわらず、多少うるさいと感じながらも笑みを浮かべ耳を傾けていた。稔も敬子の傍に座ったまま話を聞いていた。だが、しばらくすると、あまりに騒がしくも感じられてきたため彼は再び部屋を抜けだして、煙草を吸うために斎場の扉から外に出た。

外はもう夜だった。雨は降りやまないで、ひっきりなしに通る車のライトが、濡れた道路をすべるように行き交うのを眺めながら、彼は入口の傍に置かれた灰皿に近寄り、煙草に火を点けた。煙は湿った空気の中に舞い上がり、軒下の柱に取り付けられている、古めかしいガスランプの形を模した電灯にぶつかってオレンジ色の淡い光にまといついた。稔は、足をふらつかせながら、煙と光を見ていた。

そのとき自動ドアが開いて、ライターで火を点ける音が聞こえ、彼は振り向いた。父の弟の剛だった。

「煙草はなんば吸いよると?」と、剛は灰皿の近くに立ちながら言った。

稔は銘柄を言った。

「おまえ、そがん重たいとば吸うとや！　昔はそればっかり吸いよったけどね、いまはこれよ」

剛はそう言って、人差し指と中指のあいだに挟まれた白い煙草を軽く振ってみせた。

「こないだ新しく出たやつですか？」と稔は言った。

「そうそう」

そして剛はしばらく黙っていた。稔もおなじように黙って煙草を吸いながら、部屋で盛んに交わされていた吉川と内山の昔話に入っていくことができずに居たこの叔父も、自分同様に抜け出てきたのだなと考えていた。

「稔は、吉川の爺さんの葬式には行かんやったか？」

やがて煙草を灰皿に捨てた剛は、すぐ二本目を口にくわえて言った。

「ええ、行っとらんです」

「行かんやったとか。そうね、まだおまえも小さかったもんな」と、剛は話しだすのだった。「やっぱり島やけんやろうか、昔からのかたちの葬式やったな。みんなして葬式ばしよったよ。村のひとたちが、みんな額に白か三角の紙ば付けて爺ちゃんの棺ば担いでくさ、庭に出て一回、二回、三回ちうて、ぐるぐるとその棺ば回してな……おれんとこの田舎でも爺さんの、そん上の代の頃まではやりよったような、村の者も家の者も総出で弔うっていう古か、よか葬式やった」

この夜の中で叔父の胸にも遠い記憶がよみがえってきていたらしいと、そこで稔は気がついたのだったが、剛の方では別のこと――斎場を出てまっすぐ延びる道の先に黒く浮かぶ山を指して、どうしてあの山が油山と呼ばれているか稔は知っているか、となんでもない会話に移ろうとしていた。稔が知らないと答えると、剛は髭を生やした口元に笑みを浮かべながら、由来を説明するのだった。建設会社の社長という地位にあった剛が、どうやら職務の傍らに福岡の歴史を調べることを楽しみとしているらしいのを父から聞き知っていた稔はしきりにあいづちを打つのだったが、話が終わり、また互いに黙っているときには、別の想念が彼の頭を占めていた。それは剛が話した智郎の葬式の様子を契機として、しだいに彼の中でまとまった印象になろうとしている、いまこの夜のことについてであった。

二本目の煙草も揉み消して灰皿に放ると、剛はやはり山の方にかおを向けたまま、喪服が窮屈でならないというように肩を軽く回し、ひとつ息を吐いた。そうして「おし、もう飲み終えて帰るか」と、稔にではなく自分自身に言って部屋に戻っていった。

そのあとに稔も自動ドアからエントランスに入ったが、部屋には戻らずに壁際のベンチに歩いていった。彼は、そこに身を投げだすように横になった。男ひとりが横になるには少し狭く、彼は片腕と片足をだらりと床に下ろしていなければならなかった。だが、彼は気にも留めず、もう片方の腕を額に押しつけるようにして、それで天井から差す電灯の光を遮りながら、そのまま動かなかった。

部屋では談笑の声がつづいていた。はじめ通夜にもかかわらず聞こえる笑い声を奇異なものに感じていた稔も、その空気の中に浸り、自身も家族や親戚たちと会話を交わしてからは、もう不思議とは思っていなかった。むしろ、通夜だからこそ、彼らは話し、笑うことで、おなじ時間をそこに居る者たちに分け与えているのだと彼は考えるようになっていたのだった。だが、なんのために？　誰のために？　それは佐恵子のためにほかならなかった。唯一ここに居ないのが彼女であり、彼らは、彼女の代わりに話しつづけているのだ、と稔は考えるのではなく（なぜなら彼は酔っていたから）、感じていた。《そうたい、ここに居らんけん話しよるったい。もう話されんけん、代わりに話ばしてやりよるったい。懐かしい話ばするのも、オジジやらキクさんやら宏さんやらフーヤンやら……おれが話でしか聞いたことのないひとたちのことば、まるで、きょうここに来とるみたいに、それにいまでも生きとるひとみたいに親しく話に出すのも、それから婆ちゃんが死んだのにみんなして楽しく話しよるのも、死んでしまったからこそ話しよるとたい。実際、あがんして婆ちゃんのことを、あれもあった、こういうこともあったって、みんなして記憶ば出しあって笑いよったら、まるでいまも婆ちゃんが死んどらんで、あの頃の姿のままで島の家に居る感じがしてくる。ただきょうだけは、ここに来ることのできんで、忙しくしとるんやないか、そんな気がしてくる。そうたい、話しつづけるあいだだけは》

「そこで寝よるとか？」

声が聞こえ、稔はわずかに頭を上げた。だが、電灯の光が眩しく、声のした方に目を向けることができなかった。

「寝とらんよ」と、その声が奈美のものだと分かっていた彼は、返事を待つより先にどこかに歩いていく妹に、小さな声で答えた。《そうたい、話しつづけるあいだだけは……婆ちゃんは死なんで、あの家に居る。ぼけてしまわんで、寝たきりで、歯の一本もない口ば開けたり閉じたりして見舞いに行ったおれや浩のことば、不思議そうに見つめよった姿じゃない、ちゃんとした格好であそこに居るとたい……》

彼は再び頭をベンチにつけて目を閉じた。

《また大声！　ほんとに、おかあさんは声の大きかもんなあ！》そう彼は考えながら、ぼんやりと母と祖母の関係を思いだしていた。ことに、認知症が進行して以降の、愉快ではない出来事を、彼はそれが永久に過ぎ去ったのだという安心を抱きながら思いかえすのだった。

そうして彼は、自分がひとり暮らしをしていた時期に、佐恵子の病がいよいよ深刻なものになっていったこと――成人式の日に病院に見舞ったとき、彼女が自分を「お兄さん」と呼び、それではじめて祖母が何もおぼえていないのだと知った瞬間のことなどを感傷的な気持ちで思いかえし、また、その期間を母の美穂がほとんどひとりで付き添っていたのに、自分が何もしなかったのだという罪悪感も、そのときに感じたのとおなじように、胸の中によみがえらせていた。

だが、その感傷と罪悪感も、いまはもう遅いのだという事実によって、何か心地よい別の感情に塗り替えられていくのだった。

《それで、そう、おれはそのちゃんとした姿の婆ちゃんば、ほとんど知らんとやった。婆ちゃんは、おれが中学に上がる頃には、もう認知症になりだしよったもんな。大学に入った頃には、もうおれのことはおぼえとらんで、その次に会った頃には病院に入っとって、その次には寝たきりで……それで今夜ってわけやもんな。やけん、おれは悲しい気持ちにならんとたい、泣くも何も、婆ちゃんを知らんでおるったい。おれの知っとるのは、寝たきりで、誰が誰かも分からんごとなった、髪の刈りこまれた痩せっしもうた婆ちゃんたい……また誰か話しよる、ケイコ婆の声か、そう……そうたい、ケイコ婆とおれは何か話しとったな、あれ、そうたい。ほどける……家ばほどく、婆ちゃんもほどかれてしもうた、何もなくなってしまった、そう……認知症になってから、古か家のだんだん崩れっしまうのとおなじようにして、婆ちゃんの頭ん中にも綻びができていったんやろうな。それで、その婆ちゃんこそが、おれのおぼえとる姿やったったい……また笑いよる！　なんやろう？　なんの話題か、こっちにはまるで聞こえんばってん、おれまで笑いだしたくなるごた声で笑いよる。それに、どうにもこうにも酔いすぎた、なんも分からん……ばってん、みんなでほどけていった婆ちゃんの代わりに話しよるんやもんな。ほどけて……そう、婆ちゃんの周りの白か部分ば、花で覆われて真っ白なその周りば、話しつづけて埋めてやりよる。昔のことば代わりに思いだして、忘れ果てて、ほどけてしまった婆ちゃんの記憶ば縫い合わせよる……》

また誰かが彼の傍を通りすぎて部屋に入って行きながら「稔の、ベンチで倒れとるばい」と言った声が聞こえた。すると、部屋の奥から「朝から新幹線やったけん疲れとるとよ」と別の声が言っているのが耳に聞こえてきた。

《誰やろうか？　誰が話しよるとやろう？》彼は、水底から響いてくるように聞こえる話し声に耳をすませながら考えるのだった。《誰やろうか？　これは加代子姉ちゃんの声やったっけな、笑っとるのは、哲ちゃんか？　それとも、昭おじちゃんやろか？　分からん……みんなおなじに聞こえるな、なんて似とるんやろう！　それにまた、いまの話し声も似とる。ばってん、誰に？　また、また話しよる……そうや、婆ちゃんたい。婆ちゃんの声にそっくりで、まるで、そこに居るごと似た声で話して、笑いよる……ばってん、誰やろうか？　分からん、だいぶん酔うたな、おれは》

彼は、急に頭を上げると、ベンチに腕をついて身体を起こした。そして自分がいままで起きていたのか、それとも寝ていたのか、眠っていたのだとしたら、さっきから考えつづけていたのは夢の中で独白していたことなのかという、酔ったために生じた意識の混濁に戸惑い、彼は天井に目を向けた。電灯のまぶしい光に目を眇《すが》め、頭の奥で何か、低く唸るように聞こえる音を聞くともなく聞きながら、ぼんやりとベンチに掛けていた。

《ああ、そうやった、そうやった、こういう声！　そう、こういう声やった》卒然と、彼はさっきまで忘れてしまっていた佐恵子にとても良く似た声を、はっきりと耳にしながらつぶやいた。《そうたい、婆ちゃんは、こがん話しかたの声やったったい……》稔はそう考えると、またベンチに横になって大きな溜め息をついた。そのとき、また別の声がした。それは佐恵子の声だった。しかし、それは佐恵子ではなかった。そのことを、彼は、なぜかは分からなかったが理解し、話している内容を聞きもらすまいとじっと耳を傾けた。声は水底から響いてくるようにして、理性ではなく感情によってのみ聞きとれるような、言葉ではない言葉で彼に語りかけるのだった。《だいぶん酔うとる。こんなばかな想像をするほど……》と彼は考えながらも、一方ではその声の響きに耳をすませていた。

「空白を、そのとおりには眺めないということ」と、声は言うのだった。

「たとえ、それが自分には見えないとしても……むしろ、そのすべてが見えずに、隠れている部分をも含めて、彼らが笑ったり泣いたりしながら思いだす彼女の全体がそこにはあるのだということ、このことを、彼らは知っている。そのためにこうして集まったのだ。それぞれが記憶の断片を担って、持ち寄り、充たすために話しつづけているのだ」

《そうたい、婆ちゃんはそこに居る。どこにでも、話しつづける限り……おれは酔っとる、ばってん、それはどうでもいい。そう、おれは、なんば考えよったとやろうか？　ああ。みんな似とった、それに、タッコ婆は元気そうやった、婆ちゃんはほどかれてしまった、また縫わんばならん、綴じ合わせんばならん。そうたい、そうたい……》稔は、さっきよりも頭がぐらぐらと回っているのを感じていた。彼は目を強くつぶった。すると目の奥の暗闇には、説明しがたい連想に運ばれていく映像や、光だけでつくられた物の輪郭がちらつきはじめた。それは雨の滴が窓を伝い、幾条もの線となって滴どうしで合流し、また枝わかれしながら黒々とした夜を背景にした窓に、やわらかな亀裂を描いていく映像であり、また、笑う美穂たちのかおと、佐恵子を囲む無数の花々が重なり合い、ひとつの印象となっていく映像であったりした。また、ふと彼は次のようなことば——そしておれは生きている。生きていかねばならない、ならば、いかに生きていくのか？　ということばを、不意に思いだした。

それは、学生の頃に真剣に考え、のちには真剣であったがために自嘲を加え、急いで忘れ去ろうとし、そしてじっさいに忘れおおせた、かつて彼自身の中にあった問いかけであった。この通夜の雰囲気の中にあってみれば、必然的に思い浮かびもしたろうと理解できた他の多くの感慨と異なる、この不意に去来したかつての問いかけに、稔は不思議な感情を抱くのだった。だが、すぐに酔っていればこそ、こうした愚にもつかないことばかりを思いだすのだろうと彼は考えたのだったが、心の別のところでは、こうして思いだしたことに対して納得もしていた。この問いかけが記憶によみがえった瞬間に、彼は、自分を含む家族や親戚たちと佐恵子とのあいだに、こちらとあちらという具合に両者を隔てる、決して飛び越えることのできない空白があらわれたように思った。そして、こちら側に生き、また生きていかねばならない自分に、彼は気がついたのであった。

ならば、いったいそれはどういうことか稔は考えようとした。しかし、それはかなわなかった。彼は全身が下に沈んでいく気がした。すると、同時に何もかもが暗く、またベンチや着ている喪服や身体といったものが、自分にとって用のないものに変わっていくのを感じ、やがて、うちかちがたい眠りに落ちこんでいった。

美穂は部屋のソファの傍に立って、腰掛けている加代子や哲雄にかおを向けて、話しつづけていた。彼女がどこにも座らずに立っていたのは、会話がつづくソファに空いた場所がないためでもあったが、何か自分にはしなければならないことのある気がしていて、いつでも、その用のあるところに急ぎ足で向かうためでもあった。

前日に病院に駈けつけて、佐恵子を看取ってからというもの、彼女は一睡もせずに動きつづけていた。そしてさらに、これからやらなければならない無数の事柄、あるいはやらないでもいいかもしれないが、場合によっては敬子か誰かに相談しなければならないこと——例えば初盆のために提灯を出さねばならないが、どこに仕舞っていただろうか？　といったことなどが、頭の中を占領してしまっていた。《あの、家紋の入った提灯は、ちっ

た破れとったもんね。それけん、きれいな方ば外に出さんといかんとやけど、どこになわしたとやったたっけか……》
不眠と、今後さらに忙しくなるだろうという頭を悩ませる予定の数々が休む暇を与えない結果、美穂は自分が疲れていることを忘れてしまっていた。彼女は酒も飲まないというのに、上気したかおを赤く火照《ほて》らせて、良く動く口から次々とことばを発しつづけていた。また美穂ほどではなかったが、おなじように朝から親戚に連絡を入れ、迎えにも行って斎場に連れていくなどしていた加代子と哲雄も、妹の気分に同調し、彼女の会話に何かと口を挟んでは笑っていた。これが、はじめ稔にとって不可解なものに思われていた、いつまでも談笑が終わらない理由なのであった。
そうして美穂たちは話していたのだったが、他の者たちは明らかに帰るべき時刻が近づいていたため、もうこれ以上酒も会話も十分だというように、ゆっくりと視線を泳がせながら黙って座っていた。
ふと、美穂はさっき昭が何か言ったのを思いだした。《たしか、誰やらの外の椅子で寝てしまいよるぞって、言いよったとやった。そうたい、稔が酔いつぶれとるって言いよったったい。稔は、そがん早くお酒ば飲みよったやろか？　だいたい、いまは何時になったとやろう？　七時は過ぎたやろうばってん、八時にはまだなっとらんはずよね》
彼女は腕に嵌めた時計を見た。《もうこんな時間！　いつのまに、こがん遅くなったんやろか》そして、このいかにも楽しく、くつろいだ、身内だけの空間が自分の母親の通夜だとは、何やら信じられないという気持ちが湧き起こるのを彼女は感じた。《そうたい、お通夜やったったい、ばってん……おかあさんもここに居ったらよかとに》

哲雄が、二本目の焼酎の蓋を開けて自らのグラスに注ぎながら話していた。美穂は物思いに沈んでいたが、それでも口元には微笑を浮かべ、兄の方を見つめていた。哲雄は愉快そうに、大浦の親戚から餞別に金をもらって、東京から実家まで夜行列車を乗り継ぎながら帰った学生時代の思い出話をしていた。「それで、大阪までたどり着く頃には、もう金はすっからかんやけんさ」

「タッコ婆に無心しよったってやろ?」と、加代子が横から言った。

「そうそう」と哲雄は言うのだった。「おばちゃんの、その当時は天王寺前って場所に住んどったけんな、そこに朝行って、またお金もろてよ……」

美穂は、兄と姉のかおに浮かぶ笑みを、そっくり自分のかおの上に写しとりながら、《なんの話ばしよるっちゃろう? 大浦が何やら、タッコ婆から何やらって言いよるばってん……》と胸のうちでつぶやいた。《そうたい、大浦のおばちゃんにも電話せにゃならんとやった……それか、ケイコ婆にお願いしとこうか? 大浦にも、だいぶんお世話になっとったけん、今度挨拶に行かな。行く、行くって言いながら、延びのびになっとるもんね……そう、挨拶に行ったら、そんときにドーナツのことでも、今度訊いてみよう。昔おかあさんが、よう作ってくれよった、あの柔らかいドーナツ。あれは、たしか大浦のおばちゃんが教えてくれたって、そうおかあさんの言いよったもんな。あれが、ときどき無性に食べたなるときのあるけん、今度訊いてみよう……それか、おかあさんに？　そうたい。いったい、どうしてここに居らんとやろう？》

美穂は、ふと思い浮かんだこのことばを、何度も繰りかえし胸のうちで言った。《どうして今日はここに居らんとやろう？》――そうして言いながら、ますます通夜の場に自分が居ることが不思議に思われてならなかった。また、そう思っているのと同時に、彼女は佐恵子が死に、もうどこにも居ないのだとたしかに理解していた。そのためこのことばは、何か自身の心をやわらいだものにする不思議な響きを帯びて繰りかえされているのであった。

会話はやみ、沈黙がソファに座る者たちのあいだに落ちかかった。その場に腰掛ける者たちは、みな、ほかの誰かが話しはじめるのを待って自分からは何も言いださずに酒を飲んだり、食べ物を片づけたり、あるいは身体のどこかをさすったりして、とつぜん自分たちの周りに領した沈黙をやり過ごそうとしているようだった。

美穂も黙っていた。彼女は自分だけの考えの中にいつまでも沈みこむように辺りの何も見ず、また聞いてもいなかったが、声をかけられて「なに？」と返事をした。いつのまにか隣には多津子が立っていた。

多津子は、さっきから美穂に相談したいことがあって話す機会を窺っていたのだったが、間断なくつづく騒がしさの中に飛びこんでいくことができずにいた。だが、会話が途切れたこの瞬間を利用して、ぼんやりと黒く影のようにしか見えなかったが、おそらく美穂だろうと当てをきめて肘を触りながら声をかけたのであった。

「タッコ婆ちゃん、どしたと?」

多津子が「あんな、おっちゃんの百カ日のことなんやけどな」と話しだすと、はじめ美穂はあいづちを打っていたが、話がそれまで忘れていた予定のことであると知るや、彼女は再び曖昧な思考の中に赴いていった。

相談というのは、島で行われる初盆についてのことだった。島では昔から、初盆を迎える家の墓前で村の者たちが笛と鐘を鳴らしながら、歌と舞いをするならいだったが、勲は島の者ではないため、どのようにして取り仕切っている島の青年団に連絡すればよいのか、また墓前で歌舞が行われるとして、その場合には内山の墓前でということになるが、これは内山家からの注文となるのか、あるいは桐島家として頼むことになるのだろうか――こういった内容のことを、年寄りらしい念を押すような繰りかえしと、心底から困ったというような笑い声とを織り交ぜながら多津子は話すのだった。

「それけんな」と、多津子は姪が話をほとんど呑みこんでおらず、何も見てもいなければ聞いてもいないことには気づかずに、すでに言ったことをまた繰りかえすのだった。「ほら、うちはあれやろが？　ケイコ婆に言うてもよかとばってん、あんたも、今度島に帰るやろ。それけんな、そんときに、お寺さんにも行くやろうけん訊いてみてほしいとよ……謝礼も出さなならんし、それから初盆は、どげんして踊りは頼めば良いんでしょうかってさ……」

美穂と多津子が、座る場所などいくらでもあるというのに立ち話をしているのを、畳に座る敬子は眺めていた。だが、その目は美穂が身の入らない返事をしながら多津子に向けている目つきとおなじで、彼女もやはりふたりを見ているわけではなかった。

多津子が、何か墓や初盆といったことばを言っているのをぼんやりと聞きながら、彼女は自分も何か美穂に言わなければならないことがあったと考えていた。しかし、何を言うはずだったのか思いだせずにいた。そしてそれは、腫れものが思いだす邪魔をしているのだった。口の中にできた腫れものは、二週間以上も治らないで敬子を悩ませていた。それで彼女は、テーブルの上に並んでいた料理にも手をつけず、酒も飲まずに熱い茶ばかりを啜って時を過ごしていた。《歯がゆかね、痛うして口も開かれん》と思いながら、妹の小さなうしろ姿を敬子は見ていた。多津子は片手をうしろに回し、その手には数珠が握られていたが、指のあいだからぶら下がる数珠とそこに付けられた房は、彼女が話すのに合わせて尾のように揺れていた。揺れる房を見ながら、敬子は《歯がゆかね、思いだそうとしとっても、いっちょん思いだせん》と胸のうちでつぶやいた。

多津子は、なおくどくどと自分の懸念していることを話しつづけており、その他の者たちはみな黙っているか、家族どうし小声で何か短い会話をしていた。部屋の中には明らかに、もう終わって帰りだそうという空気が、そこに居る者たちの目配せや溜め息によってかき混ぜられながら充満していた。それなのに、あるいは――そうだからこそ、そこに居る誰も立ち上がって帰ろうとする者はなかった。

自分は何を言わねばならなかったのか？　たしかそれは吉川の家に関したことであったはずだが、と敬子は考えながら、多津子の話し声を聞くともなしに聞いていた。ひそひそと話されているために、その声は聞き取りにくかったが、ときおり多津子が抑揚を付けて発することばが、切れぎれになりながら、かろうじて敬子の耳に入ってきた。

「墓も……ばってんなぁ、夏は夏で……佐恵子さんのも一緒にやるんやろう……うちは行かんでも……正月は別やけど、そう一年のうちに何回も……家もずっと空くわけやもんね……」

その声を聞きながら、敬子は《なんやったろうかなぁ？　誰かに吉川の家んことば、なんやらしたがよかぞって、そがんに言われたとばってんなぁ、それか、うちの寝ぼけとったつじゃなかろうか？　誰やらの言うとったのも、最近寝つかれんで、うとうとするばっかしやけん、夢で見た人間に言われたことば、ほんとうのことって思いよるだけなのかもしれん……》と考えた。

すると――いや、夢で見ただけだと思いこんでいることこそがまちがいで、真実は実際にあった出来事なのではないか、という思いが頭をよぎり、彼女は低く唸り声をあげた。

そのあいだにも多津子は話していた。いったい、何を多津子は話しているのだろうか？大方、夫の初盆のことなのだろうが、それならば自分に相談すれば早いのにと、敬子は上下に小さく揺れる、すっかり染めきれずにてっぺんが白いままの妹の頭を見やった。《そうたい、勲さんの初盆も、それから佐恵子姉さんの初盆も、吉川のあの家じゃ、されんとたい。家の、家の……》

と、敬子はかおを上げて、何かを探すように辺りを見まわした。だが、彼女が探している人物は部屋の中には居なかった。《ミーくんの外で寝よるって、誰か言いよったか。家のほどく、ほどかんばならんち、佐恵子姉さんの話しよったって、そがんことば聞いたよって言いよったばってん、そうたい。家のほどかんばならんもんね、もう住む者の居らんとやけん……ばってん、うちは何ば思いだそうとしよったとやろう？》こう考えたとき、まるで、すぐ近くで話しているような声が、耳の底から聞こえてきた。

「なあ、ケイコ婆よ。吉川の家の屋根に穴の開いてしもうとるばい」

多津子も話を終えたようで、黙って美穂の傍に立っていた。親戚たちも同様に、いつまでも再開できずにいる会話のきっかけを摑むのをついにあきらめたらしく、黙って座っている。ただ、部屋の外で咳の音と、ときおり唸るような声が聞こえている。それは部屋を出てすぐ横に置かれたベンチに横たわる稔の声だった。だが、部屋に居る者たちはそんな声など聞こえないというようなかおをして、時間が過ぎるのを待っていた。
　敬子は美穂に話すため立ち上がろうとして、畳についたさいに痛む手首にかおを顰めた。それから思うにまかせない膝、むくんだ足首と、身体のあちこちに痛みが走り、そのつど動きをとめる敬子のかおはますます顰められていく。吉川の家の屋根に穴が開いていることなど、言う必要があるのだろうか？　こう敬子は考えるのだったが、もう両足は歩きだしていて、美穂も自分に向けてやってくる彼女の姿を目にとめていた。敬子の目も、自分を見つめる美穂のかおをとらえた。
《屋根に穴の開いとるなんて、ほんとうのことやったろうか？》
　またしても、そう敬子は考えた。だが、そのときすでに話しはじめていることに、彼女は自分ではしばらく気がつかないでいた。

初出　「新潮」二〇一六年一一月号
第四十八回新潮新人賞受賞作

装画　草間彌生
Untitled(1968), 1988
装幀　新潮社装幀室

著者紹介
古川真人
一九八八年七月福岡県福岡市生まれ。
國學院大学文学部中退。
神奈川県横浜市在住。

縫《ぬ》わんばならん

著 者
古《ふる》川《かわ》真《まこ》人《と》

発 行
2017年1月30日

発行者 佐藤隆信
発行所 株式会社新潮社
162-8711 東京都新宿区矢来町71
電話 編集部 03-3266-5411
読者係 03-3266-5111
http://www.shinchosha.co.jp

印刷所
大日本印刷株式会社
製本所
大口製本印刷株式会社

乱丁・落丁本は、ご面倒ですが小社読者係宛お送り下さい。
送料小社負担にてお取替えいたします。
価格はカバーに表示してあります。

ISBN978-4-10-350741-3 C0093